GOBOOKS
& SITAK
GROUP©

GOBOOKS & SITAK GROUP ©

三日月書版

三日月書版

探問
主唱大人★祕密兼差中
禁
4
尉遲小律 著
ひのた 繪
輕世代
FW273
三日月書版

探問禁止
主唱大人★祕密兼差中
Are you ready for the party?

Contents

ARE YOU READY FOR THE PARTY

CHARACTER Profile

冰山度：★★★★★／歐陽子奇

穆丞海的青梅竹馬兼搭檔，優雅腹黑貴公子一枚，專長是作曲＆欺負搭檔，體質容易鬼上身。

基本資料

身高：１８１公分　　體重：６４公斤

生日：９／２０　　血型：A型

喜歡的東西：音樂創作

討厭的東西：被打擾

♪座右銘

既然要做，就要傾盡全力做到最完美。

每一個欺負海的機會，

我都不想放過。

ARE YOU READY FOR THE PARTY?

CHARACTER Profile

穆丞海／熱血度：★★★★★

俊美風流的天然呆，唱功一百、演技零分的人氣偶像。卡到陰與拍電影的初體驗一同發生。

基本資料

身高：１７５公分　體重：６０公斤
生日：４／１５　血型：O型
喜歡的東西：戶外活動、小朋友
討厭的東西：睡不飽、肚子餓

♪座右銘

認真思考什麼的實在是太麻煩了！人生不過短短幾十年，問心無愧，快樂生活最重要。

但是欺負我可以，
絕、對、不、能說子奇的壞話唷！

Chapter 0

涼颼颼的……

咦？剛剛好像在思考什麼很重要的東西……可惡，想不起來，完全想不起來！

穆丞海抬頭張望四周，發現自己位於一條筆直的上坡道，兩旁全是相同外觀的白色別墅，三層樓高，加上一個庭院，但庭院裡沒有任何花草樹木，只有幾根竹竿組成的曬衣架，上頭晾滿衣服。

有風吹來，衣服飄動的方向跟節奏竟然完全同步，呈現一種像是用電腦程式精算出來的詭異畫面，周圍好安靜，沒有任何聲響，整個世界似乎只剩他一個人。

這到底是什麼地方？

帶著疑惑，穆丞海邁開步伐往前走，腳下坡道越來越陡，走到後來開始覺得吃力，有些喘不過氣。就在他想停下腳步稍做休息時，道路盡頭傳來奇怪聲響，那是低沉緩慢、有點模糊、相當規律的節奏。

在好奇心的驅使下，穆丞海快步朝聲音源頭走去。

一個好大的靈堂倏地映入眼簾，而那個引起穆丞海注意的聲音，原來就是從靈堂裡傳出的誦經聲。

是誰往生了？

他忍不住靠近，想看個清楚。

靈堂裡充斥著哭聲，終於在這莫名其妙的世界裡看見其他人。

在最靠近靈堂入口的座位上，穆丞海看到了何堇，他正抱著自己的經紀人楊祺詳嚎啕大哭，而楊祺詳雖然沒有流淚，但鏡片底下的眼皮紅腫，顯然也是剛哭過，何堇的助理蕭真則站在他們旁邊安慰著。

穆丞海開口叫他們，試圖換得注意，但是他們沉浸在自己的悲傷中，沒有人理他。

穆丞海再往靈堂裡頭走去，有幾個在演藝圈內見過的熟面孔坐在座位上，面容哀戚，接著他看到一對男女相擁而泣，是夏芙蓉和她的未婚夫丹尼爾·布魯克特。

見到這些畫面，穆丞海的心突然涼了半截，這個告別式的出席人員，再加上哭得那麼傷心的小蓉和何堇……不會是子奇出事了吧！

歐陽子奇——這個他在國小三年級就認識的死黨，一路同班到高中，最後甚至一起以MAX這個名字組成團體，共同在演藝圈闖蕩的最好伙伴，竟然早他一步先離開這個世界？

怎麼會這樣……

穆丞海悲傷地看向靈堂中央，一張好大的照片懸掛著——是自己的相片。嗯，這張相片照得真不錯，角度抓得很好，笑容也夠燦爛……

『咦！等等，為什麼我的照片會出現在靈堂裡啊？而且，那個位置不是應該掛著往生者的遺照嗎？』穆丞海吃驚。

所以是……他死了？

『怎麼可能？我就在這裡啊！難道你們看不見我嗎？』

穆丞海不敢置信，在靈堂裡奔來跑去，大吼大叫，但根本沒人理他，看大家的樣子，好像真的看不見、也聽不到他的聲音。

靈堂是由鮮白與豔黃兩色菊花裝飾而成，在家屬區的位置，穆丞海看見豔青姐，她穿著端莊素雅的黑色喪服，雙眼也哭得紅腫。

穆丞海跑到她面前，不斷揮手，擠眉弄眼，但豔青姐卻沒有任何反應，只在有人過來上香祭拜時，用著優雅的身段鞠躬回禮。

『竟然連豔青姐也看不見我！』

『怎麼會這樣？豔青姐是鬼魂耶！為什麼此刻大家可以跟她互動，卻看不到我的存在？』

此時，有人風風火火地從靈堂外頭直衝進來，穆丞海轉頭看向他，是歐陽子奇！

楊祺詳想攔下他，卻被歐陽子奇一把推開。

「穆丞海，你給我起來！唱片還沒錄完，你竟敢丟下一切，不負責任地死掉！」他的神情激動，完全失了平時的冷靜，劈頭就是一陣痛罵。

「子奇，你冷靜一點。」小蓉和丹尼爾趕緊上前去幫忙攔著子奇，就怕他做出什麼危險的事，例如：拆靈堂。

子奇的出現讓穆丞海嚇了一大跳，覺得毛骨悚然，渾身發涼，想不到看到發飆的子奇，竟讓他覺得比看到自己的遺照還恐怖。

雙手用力一揮，就見子奇掙脫小蓉和丹尼爾的箝制，怒氣沖沖地往棺木的方向走去。

如果這是穆丞海的靈堂，他死了，那麼這個長方形的東西，照理說應該就是他的棺木吧？也就是說，裡頭應該會放著他的屍體。

『不曉得我的死狀如何？是不是慘不忍睹？穿的又是哪件衣服？禮儀師有沒有幫我化上最帥的妝？』

當穆丞海還在想著這些瑣碎問題時，歐陽子奇卻突然抬起他的長腳，冷不防地用力踹向棺木。

「子奇！」小蓉尖叫，不敢相信子奇竟然有這麼粗暴的舉動。

『小蓉啊，那就是妳不夠瞭解這個曾經當了妳幾年掛名未婚夫的子奇了，當他真的氣起來時，可是凶狠殘暴得不得了，甚至可以到達六親不認的地步，身為跟他相處時間最多的我，絕對能以受害者的身分，舉出數不清的慘痛案例，來證實我的所言不假！』

棺木被子奇用力踹了好幾腳，穆丞海突然覺得整個世界搖晃起來，頭暈目眩，好像他真的躺在棺木裡頭一樣。

但是，為什麼他死掉了，已經靈肉分離，還能知曉身體所承受的感覺啊？

靈堂裡又出現另一個人，是穆丞海在MAX的跨年演唱會最後，以及後來在育幼院門口偶遇的那個銀髮男子，好像……叫做靳騰遠，是個前身為黑道組織的青海會會長。

他用著高傲冷調的態度走到靈堂前，想點香祭拜，豔青姐衝過去，把他手上的香搶走，拚命責罵他，嚷著都是他的錯，要不是他見死不救，小海也不會死。

「我為什麼要救他？」

穆丞海聽見靳騰遠冷冷地說。這句話，讓他感到不寒而慄。

靈堂的另一邊，幾個壯漢把棺木的蓋子闔上，並在四周釘了粗大的木釘以及扣上鐵製扣鎖，眾人吆喝了幾聲，合力抬起棺木，準備送至火葬場火化。

頓時，穆丞海冷汗直流，朝著他們大喊：『住手！』

剛剛棺木搖晃時有感覺耶！萬一等等放進去火化，也感覺得到灼熱的溫度怎麼辦？

穆丞海設法要推開那些抬棺木的人，但是手卻屢屢穿過對方的身體，碰都碰不著。情急之下，他只好試著躺進棺木裡，看看會不會因此活過來，避免自己真的被火化掉。

穆丞海順利地穿過木板，鑽進棺木裡，讓靈魂與身體的姿勢重疊一致。

有什麼東西卡進去，是靈魂跟身體吻合的感覺，可喜可賀，他的手終於可以摸到東西了。

但是，麻煩來了……他躺在被封死的棺木裡耶！

救郎喔——

棺木在抬動的過程中搖晃著，感覺到自己持續移動，穆丞海拚了命地拍打棺木上方的蓋板，希望外頭的人能注意到他已經活過來了，趕快打開棺木，救他出去。

悲慘的是，穆丞海拍了很久，卻沒有引起外頭人的注意，又過了一段時間，棺木被放下，靜止不動。

穆丞海感覺到四周的溫度越來越高，像是在烤箱裡，他甚至還聽見四周木板因為燃燒，發出嗶嗶啵啵的聲音。

好熱！

『不！我不要被燒死！』

極度的不適與恐懼，讓穆丞海驀地張開眼，奮力坐起身。

四周很安靜，沒有靈堂，沒有棺木，藉著昏黃燈光的照射，他看清楚這是他的臥室，而他就坐在自己的床上，冷汗濡濕了他的背。

剛剛是夢？還好，只是一個夢……

但也太真實了吧！

如果他真的掛點，告別式應該就是那個樣子了，簡直就像是事先預演一樣，不過，萬一真的到達瀕臨死亡的那一刻，在他斷氣前，一定要記得先跟子奇約法三章，絕對不准踹他的棺木！

叩、叩——

門板被敲擊的聲音在此時響起，嚇了穆丞海一跳，那聲音跟他剛剛在夢中拍棺木時發出的好像，一瞬間讓他分不清楚是夢還是現實的錯覺。

「海，有人找你。」子奇的聲音隔著門板傳來，溫和地讓他想落淚。

「誰？」看向床頭那個夏芙蓉送他的公雞鬧鐘，顯示時間是早上五點。

是誰會在這種時間登門拜訪？

「是殷大師。」子奇回答。

咦？殷大師怎麼會來到家裡來？……慘了慘了，豔青姐在家裡！

「啊——」

就在此時，豔青姐尖銳的慘叫聲穿過厚牆，直搗穆丞海的耳膜，他趕緊跳下床，跑出去阻止悲劇發生。

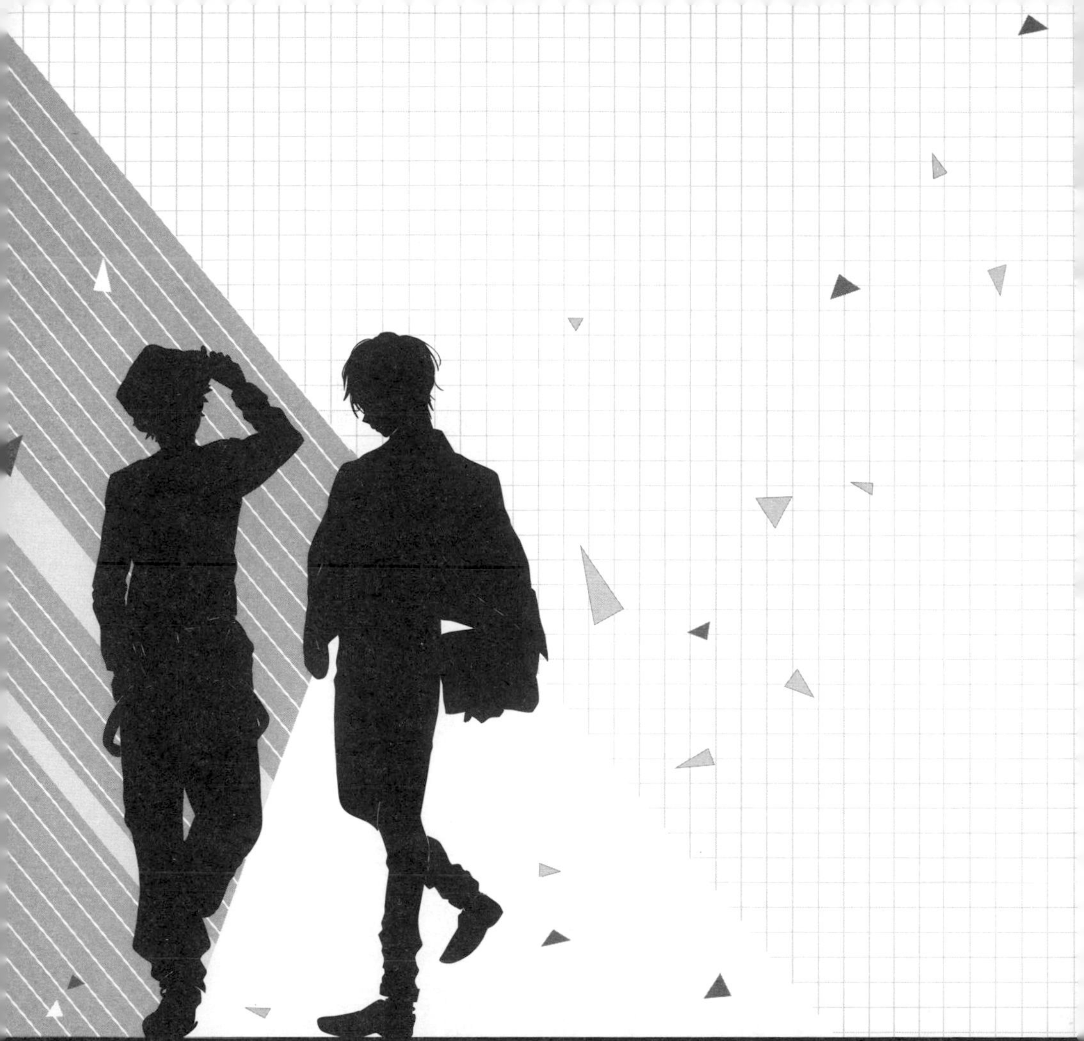

Chapter 1

不可能的任務

隨手從床邊抓了件襯衫胡亂套上，鈕釦都還沒來得及扣，穆丞海就急急忙忙衝出房間。

眼前所見簡直把他嚇壞了！

客廳中央，殷大師手裡拿著一把雕飾精緻的桃木古劍，此刻就抵在林豔青的脖子旁邊，他清瘦的臉龐凝重肅穆，正氣迸放，駭得平時驕氣凌人的林豔青動都不敢動，只能無助地跪坐在地，一雙眼梨花帶淚地望著殷大師，盼他手下留情。

木製的劍雖然不鋒利，對普通人而言也沒什麼殺傷力，但握在道行高深的殷大師手裡就不同了。林豔青是鬼魂，那把劍架在她脖子上，就像是活人被開山刀架著一樣。

情況看起來萬分危急，唯一值得慶幸的是，殷大師並沒有點燒符紙，否則，他們一人一鬼位置的正上方，恰好有個火災偵測器，要是溫度和煙霧不小心啟動灑水系統就精采了！

「殷大師，請高抬貴手！」穆丞海趕緊大喊，直衝過去握住殷大師舉劍的手腕。

見穆丞海出現，林豔青張大眼睛，忿忿不平地瞪著他。

「穆丞海，你好狠心，竟然叫道士來收我！」說著說著，聲音越來越顫抖，那委屈的模樣，活似穆丞海殺她爹娘，滅她全家似的。

冤枉啊！豔青姐，殷大師不是他叫來的！

穆丞海連忙擋在一人一鬼中間，並小心翼翼地將殷大師手裡的桃木古劍移開，深怕動作太大，會不慎劃傷林豔青。

等到立即性的危機解除，林豔青聲淚俱下，開始數落起穆丞海。

「我真命苦啊！從你還是個演戲的門外漢開始，我就千辛萬苦地教你演戲，甚至把你訓練到可以拿下電影最佳新人獎的地步，還讓你之後有能力可以挑起舞臺劇男主角的大梁。我不求你以身相許，也不用你弄個墳來供奉我，只希望偶爾能來你家看個電視……

「然而，你卻藉機使喚我做這做那，要回答你演藝圈的八卦內幕，要幫你驅趕闖進家裡的孤魂野鬼，還要教你如何避開演藝圈裡的小人！」

林豔青邊說著，還邊拿遙控器打穆丞海，在她的控訴下，穆丞海好像真的變成一個恩將仇報、狼心狗肺的大爛人了。

「穆丞海你這個天殺沒良心的，我為你貢獻這麼多，沒有功勞也有苦勞，你竟然這樣對我，我真是錯看你了！」

向來視電視如命的林豔青竟然捨得拿遙控器來打人，可見她真的氣得不輕。

「豔青姐，誤會啊！」不只誤會，還是個「天大的」誤會，穆丞海哭喪著臉解釋。

看著林豔青怨恨的眼神，穆丞海突然閃過一個念頭，不然就這樣讓殷大師順勢超渡豔青姐也好，否則要是誤會解不開，這樣一直被她怨恨下去，恐怕接下來他就沒好日子過了。

穆丞海才剛起了這念頭，林豔青卻突然不哭了，眼神凌厲地瞪向他，一副你敢真的叫大師把我收掉你就死定了的樣子，嚇得穆丞海趕緊打消念頭，試探問道：「豔青姐，妳會……讀心術？」

「讀你個頭！嘖嘖，你心裡在想什麼，全寫在臉上啊，還會猜不到嗎？真是枉費我辛苦對你進行的訓練，演技都練假的啊！不想讓人知道自己心裡的想法，就把表情藏好！」

「丞海，你在家裡養小鬼？」聽完穆丞海和林豔青的對話，殷大師知道他們絕非不相識，甚至關係匪淺，看向穆丞海的眼神多了幾分不贊同。

並沒有好嗎！

況且豔青姐是哪裡像「小」鬼了？就算不能叫她「老」鬼，也應該以「女」鬼稱呼比較恰當。

不過，這個養女鬼可沒有小說中描寫得那樣香豔刺激，好處只有幫他清理想闖進來的孤魂野鬼，以及偶爾充當劇本翻譯、指導他演技罷了。

「豔青姐一直住在我們家？」

穆丞海還沒處理完殷大師和林豔青這邊的問題，倒是歐陽子奇也在這時發難，《豔陽》都拍完多久了，他現在才知道林豔青一直住在這裡！

「咳……哈……對啊……」慘了！子奇好像很生氣……

「那對豔青姐還真是太不好意思了，晚輩竟然不、知、道她到家裡玩，還住了一段時間，無法盡到地主之誼，好好招待她，真是太失禮了。」

可以瞬間將對方千刀萬剮的冰冷怒意，被歐陽子奇隱藏在看似禮貌的話語之中，尤其是「不知道」這三個字，更讓穆丞海頭皮發麻，子奇說得越是客氣，越顯示他在盛怒中。

歐陽子奇責難的對象，當然不是林豔青，而是看得到林豔青、卻沒有盡到知會義務的「好室友」穆丞海。

穆丞海見狀，立刻丟下林豔青和殷大師他們那邊的問題，轉向歐陽子奇道：「子奇，你先冷靜下來想想，本來正常人就看不到鬼魂，所以其實你不知道豔青姐住在家裡是比較好的。還有啊，豔青姐雖然一直在家裡出沒，不過你放心，豔青姐很尊重你的隱私，她從來沒進過你的房間，你洗澡或是上廁所的畫面她都沒偷看……」

歐陽子奇的眉越挑越高，似乎不怎麼相信。

「啊！對啦，確實是有那麼一次，你洗完澡，打著赤膊到客廳看電視，豔青姐剛好也在，碰巧瞄到你的裸體……不過她說你太瘦了，要再多長一點肉比較好看，完全不會引發她任何遐想，所以你不用擔心豔青姐對你動邪念。」

穆丞海說完，覺得自己解釋得很完美，應該可以消除歐陽子奇的怒氣，甚至還不怕死地拍拍歐陽子奇的肩。

「唉，簡直是自掘墳墓……」林豔青在一旁看了，受不了穆丞海的白痴樣，嘴角抽了下，小聲嘀咕。

「所以，豔青姐住在家裡這件事，是經由你、的、判、斷過後，認為是我不該知道的事？」歐陽子奇的聲音又低了幾度。

咦？是他的錯覺嗎？怎麼覺得子奇好像更生氣了……

要不是殷大師在場，歐陽子奇鐵定不會這麼簡單就放過穆丞海，他瞪了穆丞海一眼，決定暫且放過他，轉而詢問殷大師：「大師，你會特地到家裡來，應該是有很重要的事要告訴我們吧？」

殷大師點頭，「我是要來告訴你們，關於封住丞海陰陽眼的方法。」

一年多前，穆丞海拍攝電影《豔陽》，因為片場的鷹架倒塌意外，壓傷他的頭部，從此有了陰陽眼。

本來穆丞海不以為意，因為有豔青姐會幫他驅趕跑來騷擾他的鬼魂，自己只要在生活上多注意一點，擁有陰陽眼似乎也沒什麼影響。直到遇見道行高深的殷大師，才發現如果不設法關閉陰陽眼，他就會有生命危險。

「啊，我知道！」穆丞海突然頓悟，大喊，「是不是要先取得傳說中的千年人參、東海龍骨、天山雪蓮，然後丟進有神力的上古青銅爐鼎裡，煉製七七四十九天，等丹藥練成後，配著天池純淨的靈水服下，再找個世外仙境，待在瀑布底下修練個三、五十年？」

這位先生，修仙故事看太多了吧！

而且如果需要這麼久的時間才關閉得了陰陽眼，在這之前，你早掛了吧！

歐陽子奇和林豔青同時在心裡吐槽。

殷大師聽完只是笑了笑，自從網路上越來越多仙俠修練類型的小說出現後，來找他處理事情的案主也有不少人像穆丞海這樣，對道家仙術有諸多想像，總會以為要解決一件事情前，必須經歷重重關卡才能成功，反而太快處理完的，還會被質疑是不是沒有用。

因此，確實有不少道士看準這點，故意用些深奧又花俏的程序來迷惑案主，藉機多收取金錢。然而真正厲害的天師，處理事情往往是簡潔有力的。

看著眾人一副急欲知道的表情，殷大師也不賣關子，立刻替大家解惑，「不需要這麼麻煩，方法其實很簡單，只要施放一個法術，甚至不需使用任何法器，一分鐘內就能解決。」

「啊？」就這樣？穆丞海失望透了，看來遇到大師也是有壞處的，簡直太破壞一個熱血青年的期待跟想像了……

「那血緣關係者呢？」歐陽子奇提出疑問，「殷大師之前提過，要封住海的陰陽眼，需要先找到他的血緣關係者，這部分又是怎麼回事？」

歐陽子奇果然夠機靈，一下就能抓到重點。殷大師撫著白長鬍鬚，投給他賞識的眼神。

「我說的法術雖然簡單，但在施法時需要將血緣關係者的血液塗抹在丞海的雙眼上，而且這個血液必須是關係者本人自願提供，或者是由丞海親自取得，這個步驟，正是影響到法術成不成功的關鍵。」

殷大師來回撫著自己的鬍鬚，在那一來一往的動作間，彷彿能參透什麼天機似的，看得穆丞海也好想伸手去摸個幾下。

「原本，我以為要找到丞海的血緣關係者應該需要一段時間，所以沒有先告訴你們方法，不過前陣子陰錯陽差發現青海會的靳騰遠先生讓天珠發光了，現在幾乎可以確定他就是丞海的血緣關係者，而且根據那光的亮度，他跟丞海極有可能是直系血親。也就是說，他們不是父子，就是親兄弟，但這同時也是難處所在，所以我才來找你們討論。」

「殷大師的意思是，我們現在要先設法取得靳騰遠的血，而且是對方自願提供，或者是由海親自取得，才能驅動法術？」

殷大師點頭。

「殷大師，你不是正在幫靳騰遠處理事情嗎？若是由你來勸說靳騰遠提供一點血液，他應該不會拒絕吧？」穆丞海看向殷大師，眼裡閃爍著期待。

「這……倒不一定。」殷大師的眉宇深鎖，「靳先生知道我和你的關係不錯，當初在育幼院前我已經告訴他你的問題，很明確地讓他瞭解如果不封住陰陽眼，會危急到你的性命，他如果肯幫忙，依他的作風早該有所表示。」

對耶！靳騰遠那時還當著他的面，冷冷地問說為什麼要救他……

講到這個，穆丞海就忍不住想抱怨，一般說來，就算是絲毫不相干的人，聽到他人有生命危險，不是都會願意在能力所及程度下幫助別人嗎？

但那個靳騰遠，卻對他視而不見，這可是攸關生死的難題耶！更何況，根據殷大師的分析，他們不是父子就是兄弟，不是應該比陌生人更親近嗎？

靳騰遠既冷血又無情，讓穆丞遠絲毫不想更深入地去瞭解兩人到底是怎樣的關係，完全沒有終於確認自己的親人是誰的喜悅。或許這樣也好，換個方式想，等到穆丞海取得血液後，便能更乾脆地放棄與親人團聚的念頭，不再因這事而感到困擾。

「育幼院見面後，靳先生已經結束我跟他之間的委託了。他之前也算是我的固定客戶之一，根據我長期對他的觀察瞭解，他的性格孤傲，他若不願幫，要說服他改變主意非常困難，而且靳先生不太與人交談，除非是跟青海會利益有關的事。」

現場氣氛突然變得凝重，靳騰遠不願幫忙的話，那就只剩穆丞海親自去取得對方血液這個辦法了，就連平常少根筋的穆丞海，也馬上明白過來這件事有多棘手。

靳騰遠是青海會的會長，先不說青海會目前的組織規模有多龐大、財力有多雄厚，光論他的前身是黑道大哥這點，就足以提高事情的難度，要接近靳騰遠已經不容易，更別說要親自拿到他的血了。

「沒關係，靳騰遠不幫我們，我們自己想辦法，反正就是設法取得他的血液嘛！過程雖然艱難了點，但歷經千辛萬苦達成目的，比較有王道熱血的感覺！」穆丞海雙手握拳，眼神燃燒起來。

說得這麼好聽，事實上只是因為封住陰陽眼的咒術太過簡單，想要用艱辛的過程來彌補失落感而已吧！

歐陽子奇和林豔青不約而同地又給了穆丞海一記白眼。

「殷大師，你有和靳騰遠說過，海的問題需要他的血液才能解決嗎？」歐陽子奇問。

殷大師搖頭，「靳先生只知道要救丞海必須靠他，並不知道最重要的媒介是他的血液，就算我想細說過程，靳先生也沒意願聽。我和他之間，除了他委託我的事，其餘話題他一概不聊。」

「看來直接找靳騰遠談談應該也行不通了。」歐陽子奇皺眉，雙手交叉環抱在胸前，開始思考。

「我有個提議，你們聽聽看。」穆丞海起了頭後，立刻停頓不說，心想著要吊吊大家胃口，但是卻沒人有興趣追問下去，他只好摸摸鼻子，繼續說下去，「如果請子奇他們家開的聖心醫院，寄封通知去給靳騰遠，要靳騰遠到醫院健康檢查，然後再請醫師告訴他要抽血，這樣算是他自願提供血液嗎？」

「這確實算是自願提供血液，但靳先生有自己信任的醫院和專屬的家庭醫師，他的警戒心很強，應該不會隨便讓自己的健康資料外洩。」殷大師的說明，間接否決這項提議。

「不然……你們覺得直接開一輛捐血車去青海會門口，誘使靳騰遠出來捐血如何？」穆丞海繼續說出自己的意見。

「你出的主意能不能稍微有建設性一點？」豔青姐沒好氣地說，「靳騰遠像是會去捐血的人嗎？」

「啊……這些方法真的都不好喔？」那可是他絞盡腦汁想出來的耶！他自己是覺得蠻可行的啊。

「要在靳騰遠的地盤上動他，根本沒有勝算，除非能把他誘離開青海會，讓他走出保鏢們的保護範圍。」林豔青說完，看向歐陽子奇，若想解決事情，在場也只剩他可以指望了。

歐陽子奇雖看不見林豔青，聽不到她說的話，但也不知是否心靈相通，就在這時他想到了一個方法，「靳騰遠這幾年積極拓展商業市場，如果以歐陽家的名義舉辦一場大型宴會，邀請青海會參加，靳騰遠親自出席的機率應該很高。」歐陽子奇向大家說明他的想法，「到時候，我在現場設法牽制住靳騰遠的保鏢，海再偽裝潛入，找機會接近靳騰遠，取得他的血液。」

「什麼？偽裝？」穆丞海的臉垮了下來，「就不能就以穆丞海的身分，正大光明地參加嗎？」平常躲記者、歌迷，需要用到偽裝也就算了，怎麼連出席個宴會都要躲躲藏藏的，很累耶！

「以我對我爸的瞭解，如果他知道舉辦這場宴會的目的是為了幫你取得靳騰遠的血液，應該說什麼都不會答應。」

用手撐著太陽穴，歐陽子奇分析：「而且，從殷大師剛剛的話聽起來，現在靳騰遠應該對你有了防備，我擔心如果你直接出現，會打草驚蛇，讓靳騰遠周圍的保護更嚴密。」

聽完解釋，穆丞海也認同歐陽子奇的說法，「好吧，那……我偽裝成你的保鏢好了。」

既然都要偽裝，當然就要挑一個自己開心、可以打扮得又酷又帥的角色。

變裝成保鏢，穿得西裝筆挺、戴上潮牌墨鏡，身上佩戴手槍，短靴裡藏把鋒利匕首，然後單邊耳朵戴著耳機，領口別著小型麥克風，壓低音量……

「Jack，你那邊準備的如何？OVER。」

「都準備好了，這裡沒什麼問題，OVER。」

「我這裡也沒事，OVER。」

「OK，那麼就麻煩你多注意那一區的狀況了，OVER。」

「好的，沒問題，OVER。」

穆丞海抬頭對著天花板傻笑，腦中充滿著對「保鏢」職業的幻想。

歐陽子奇的嘴角微抽，瞇起眼看著穆丞海那呆蠢模樣，這傢伙一定又開始在妄想什麼奇怪的東西了，歐陽子奇忍不住就想澆他一桶冷水。

「雖然歐陽家所有保鏢都歸傑克管，以這個身分混進去也很容易，但是，第一，家族裡的人都知道我不喜歡帶著保鏢在身邊，你以保鏢的身分進去，應該很難進到會場；第二……」歐陽子奇揚起一抹邪氣又壞心的笑容，「依你的身手要扮成一個保鏢，應該馬上就會露出馬腳吧！」

穆丞海皺起眉頭，可惡！扯那麼多，結果繞了一大圈就是想損他，害他聽得那麼認真，以為是什麼裝扮成保鏢的注意事項呢。

穆丞海哀怨地回瞪歐陽子奇一眼。

「服務生呢？」見他們倆個人鬥嘴鬥到一個段落，林豔青提議。

「啊?服務生喔……」穆丞海露出失望表情。

這個身分跟保鏢相比,層次差了一大節耶!

「這個主意不錯。偽裝成服務生能待在會場裡,接近靳騰遠的機會也多,如果單純以完成取血的目的來評估,確實比偽裝成保鏢恰當。舉辦這種大型宴會,一定需要大量的服務生,到時會聘僱一些新人進去。」

聽歐陽子奇這麼一分析,穆丞海也覺得頗有道理,瞬間就被說動,他看開了,不再堅持一定要扮成保鏢,「OK,那就決定是服務生了!」

反正,他們原本的目的就只是要得到靳騰遠的血液,至於酷不酷這種問題,就不需要計較那麼多了。

「不過,你知道怎麼開紅酒?知道宴會場所的接待禮儀嗎?」瞧他把服務生想得很簡單,歐陽子奇挑眉問。

「呃……」他還真的不知道。

「還有服務生該有的走路方式、站姿、語言專長,以及應對進退的方式呢?」

「呃……」這又是什麼啊？子奇講的東西他一樣都不懂，不過這也不能怪他，學校又沒教，平常生活也根本沒機會接觸，怎麼可能知道嘛！

「不能在應徵時放個水嗎？」穆丞海苦著臉。

「放水不難，跟管家交代一下就可以。但是其他服務生都很優秀，如果你不具備那些能力，在會場很容易被識破。」

「所以，偽裝成服務生也行不通囉？」

歐陽子奇用手支撐著下巴，仔細思考了下，「不，我認為應該沒有比服務生更適合的身分了，但是能不能成功，就要看你能為了得到靳騰遠的血，努力到什麼地步了。」

「那還用說，當然是什麼地步都行啊！」如果拿不到靳騰遠的血，下場就是死路一條，還有什麼不能豁出去的？

「這可是你自己說的。」歐陽子奇笑得不懷好意，「就來特訓吧！」

「特訓？」看到歐陽子奇那惡魔式的笑容，穆丞海突然覺得背脊發涼，心生警戒，「什、什麼特訓？」

「服務生的特訓，從最基本的課程開始。我想想，期限大概是一個月左右，而且不能影響到你份內的工作，所以只能利用沒有通告的時間來練習。」

「啊？」就算現在不是專輯的宣傳期，但廣告、代言，零零總總一些工作加起來，其實一天裡也沒剩多少空閒時間耶！

「你上完課後，回到家裡我也可以幫忙特訓唷！」林豔青對著穆丞海露出甜死人的笑容。幫人特訓、上課這類的事，她最喜歡了，不只可以傳遞自己的知識，顯現出厲害的一面，又可以在過程中好好教（折）導（磨）對方，發洩一下積壓在心裡的情緒，一舉數得。

「豔青姐，妳行嗎？」穆丞海回以懷疑的眼神。

豔青姐的動作舉止是很優雅沒錯，但是現在需要的是專業的服務生知識耶！那可不是光靠氣質就能勝任。

「你未免太小看我了。」林豔青冷不防地抽出木扇，不偏不倚地敲在穆丞海頭上，讓後者疼得不斷搓揉傷處，頭髮都給揉亂了，「身為一名專業演員，沒有什麼事情是不可能的。這其實就是演一部戲，只不過要飾演的角色是服務生，場景不在鏡頭前，而是在現實生活中罷了。」

真不愧是豔青姐，經她這麼一解說，好像也沒有想像中的困難，就是演一個服務生嘛！他好說歹說也是得過電影的最佳新人獎，咦？等等……這代表著他除了原本的演藝事業工作、閒暇時子奇安排他要上的課程外，就連在家的時間都不能休息，要接受豔青姐的特訓嗎？

怎麼感覺好像又要開始地獄般的生活了啊！

穆丞海突然覺得自己答應太快，毫無警覺地把未來的安逸日子賣出去了。

這樣是不是直接等著掛點，還比較輕鬆？

不過，看著子奇和豔青姐認真的表情，他實在不敢承認，特訓都還沒開始，他就已經冒出打退堂鼓的念頭了。

好吧……看來也只能硬著頭皮試試看了。

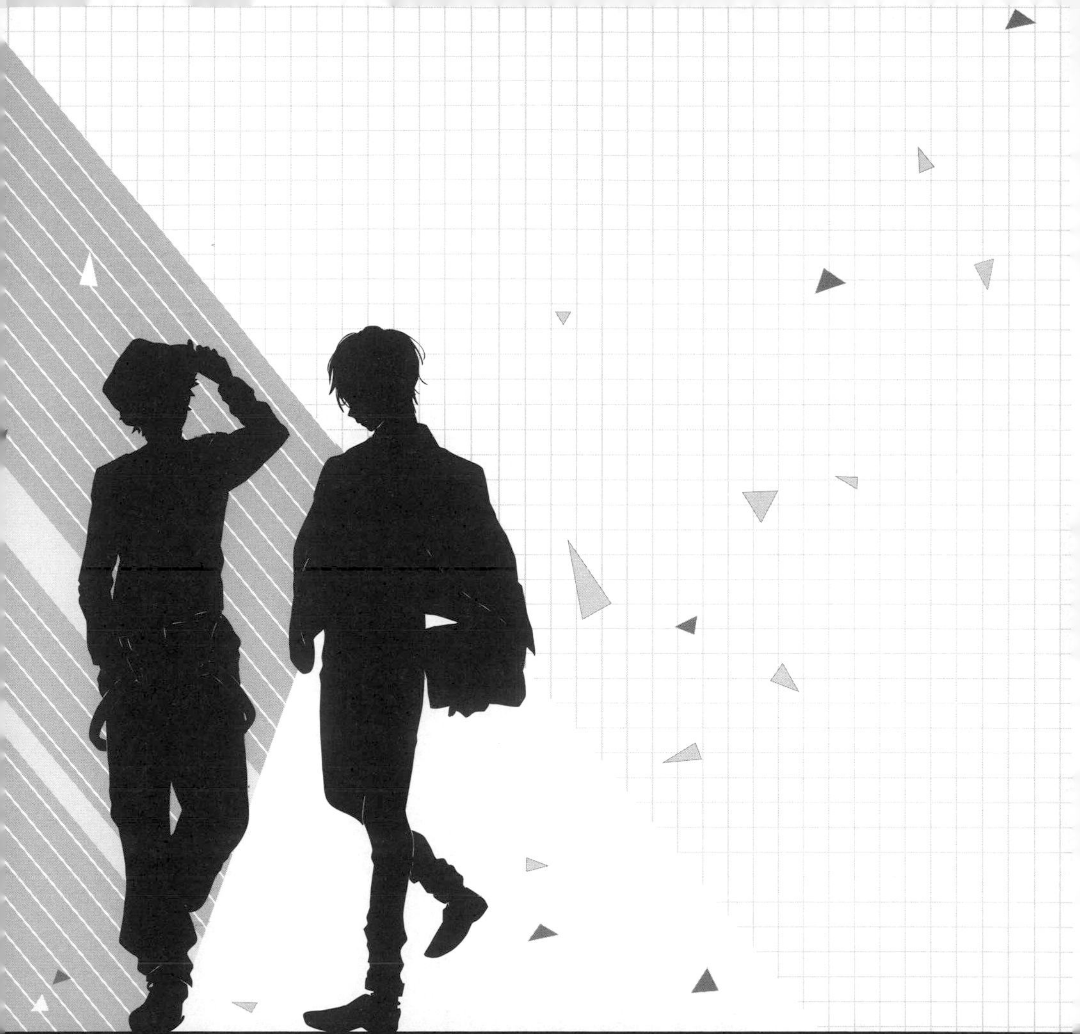

Chapter 2

別有用心的晚宴

整個商界今年最大盛事，應該就屬歐陽集團所舉辦的這場慈善募款晚宴了。

不只許多國內企業、跨國集團總裁參加，與會人士更不乏在政治界舉足輕重的要角，甚至還有幾位退隱多年的大老，也十分給歐陽家面子，一同前來參與。

對於地位一般的受邀者來說，這場宴會吸引人的地方，在於眾多大人物齊聚一堂，是開拓自己人際關係的大好機會；而那些重量級的名人之所以願意接受邀約，則在於與歐陽奉早已熟識的他們，瞭解這場宴會對歐陽奉來說的特別之處——歐陽子奇，那個自從進入演藝圈後就再也沒出席過任何商業聚會，歐陽奉唯一的孩子，歐陽集團未來最有可能的接班人，將會出席這場宴會。

從決定舉辦到晚宴這天，只間隔了一個月左右，籌備時間雖然倉促，但華麗的場地布置卻無可挑剔，不論是宴會規模、會場占地、接待人員數量，都破了歐陽集團過往所舉辦過的宴會紀錄。讓受邀的賓客一抵現場就讚嘆起歐陽家雄厚的財力，也顯示歐陽家對這次宴會的重視程度，希望做到讓每個與會的客人都有賓至如歸的感受。

而整個宴會場上，最開心的人就是歐陽奉了。

以往不管他怎麼威逼利誘兒子出席公開聚會，他就是不肯答應，但這次的宴會不只是歐陽子奇第一次以主人的身分出席，甚至連宴會本身，都是他親口提議要舉辦的。

歐陽奉天生線條嚴肅的臉上，難得露出了笑容。

回憶當初歐陽子奇跟他提起要辦宴會時，他雖然差點被喜悅沖昏頭，立刻就要答應，但長期在商場打滾所培養出來的防備之心，還是讓他本能地踩了剎車，擔心是不是有什麼會讓他氣到吐血的企圖，決定先弄清楚兒子提議的原因再說。

結果，在他追問之下，原來兒子只是想藉機在商界打開MAX的知名度，增加未來商演或其他合作機會，雖然追根究柢並非是為了歐陽家著想，但也還不至於讓他極度排斥。至少，比起以前完全不出席的狀況是好多了，因此歐陽奉的心情整個開懷，投注所有心力在這場宴會上。

而且，更讓歐陽奉喜出望外的是，原本以為歐陽子奇只會出來露個臉就閃人，想不到宴會開始已經超過半個小時了，他竟然還留在會場裡，甚至態度和善地跟在他的身旁。

這段時間並非專輯的宣傳期，歐陽子奇難得剪了一頭俐落的短髮，摘下平時習慣佩戴的黑框眼鏡，露出他那一雙精光流現又過分勾魂的眼眸，少了平時玩音樂時的頹痞感，多了份介於溫文爾雅與玩世不恭之間的特殊氣質。

他挑了套要價不斐、由當紅設計師所設計的合身西裝，讓原本就高挑的身材顯得更加修長，舉凡領帶、手表、戒飾、胸針，甚至是身上擦的淡雅香水，都是經過仔細搭配。

歐陽子奇跟在父親身旁，在一群又一群的政商名流之間穿梭，愉悅地與大家聊天，自然地和每個經過他們身旁的人打招呼，適時寒暄，並回以親切微笑，應對進退得宜，舉手投足之間盡是完美教養的展現，散發出討人喜愛的魅力。

他的表現傑出，完全不似社交生手，連帶著影響了歐陽奉的心情，這個以往在商場上如雄獅一般叱吒風雲的高傲帝王，現在就只是個到處炫耀自己兒子有優秀的傻爸爸。

許多名媛也被歐陽子奇迷住，她們或許知道歐陽子奇在MAX中的樣子，但與此刻的他相去甚遠，光是看著就足以意亂情迷，交談過後更是被他幽默又曖昧的談吐勾得如痴如醉。

甚至有好幾個歐陽奉的舊識，已經忍不住以半開玩笑的方式，向歐陽奉透露出想介紹自己女兒給歐陽子奇，讓彼此結為親家的訊息。

當然，歐陽子奇之所以會違反低調本性，在會場裡盡其可能的展現自己，是有他的目的。此番精心打扮和刻意的行為，都是為了讓自己成為眾所矚目的焦點，掩護以服務生身分混進會場的穆丞海。

結束了與幾位當紅政客們的寒暄，歐陽奉帶著歐陽子奇走向會場入口處附近，那裡站著一個重要人物和他的保鏢群，他便是兩人今日的目標——青海會會長靳騰遠。

彼此握手，歐陽子奇揚起微笑，對著靳騰遠禮貌問候：「靳會長，好久不見。」完全沒有要在父親面前掩飾自己曾和靳騰遠見過面的打算。

雖然這次宴會最原始的目的，就是要替穆丞海約靳騰遠出來，但歐陽子奇當初在和歐陽奉討論邀請名單時，歐陽奉倒是先一步提出想邀請靳騰遠的想法。

對這個在最近幾年轉戰商界，並且迅速竄起的青海會，歐陽奉很感興趣。

只要是從商的人，多少都會關注政治與黑道的消息，就怕不小心得罪了誰，會毀了自己的錢途，歐陽奉自然也不例外。在他年輕時，「天宇盟」與「青海會」是黑道上最龐大的兩個組織，彼此在檯面上不算對立，但暗地裡卻時常有互搶地盤的傳聞。

後來，青海會漸漸沒落，甚至一度解散，是從國外回來的靳騰遠從父親手上接管青海會，才又讓青海會回到黑道龍頭的地位。

在當時的環境，要將青海會重新經營起來可不容易，於是歐陽奉更加注意靳騰遠的動靜。想不到短短兩年的時間，靳騰遠就讓青海會起死回生，恢復可以與天宇盟抗衡的榮景。而這之後，靳騰遠更是跌破大家眼鏡，讓青海會徹底脫離黑道，漂白成合法經營的企業。

靳騰遠在商界表現出來的企圖與野心，也讓人無法忽視，在他的帶領下，青海會現在不論是在黑道或白道，都具有相當大的影響力，歐陽奉被靳騰遠的領導力吸引，早就想會一會他。

「好久不見，很榮幸能獲邀參加今日的宴會。」與他們第一次見面那時相比，靳騰遠的態度並沒有多大改變，依舊維持著自己慣有的冷調，但看著歐陽子奇的眼神卻多了分試探意味。

顯然，靳騰遠並不相信這場歐陽子奇第一次以主人身分出席，以及是自己第一次接獲歐陽家邀請的宴會，只是單純的商業交流。

「哪裡，靳會長能撥空參加，才是歐陽家的榮幸。」歐陽子奇態度自若地回望著靳騰遠，甚至帶著輕鬆笑意。

「客氣了。」

面對在商界叱吒風雲的歐陽家，靳騰遠並沒有表現出急欲拉攏彼此關係的樣子，但他並非對合作不感興趣，只是深知躁進成不了事。

他的目光在歐陽子奇和歐陽奉之間短暫流轉，讓父子倆清楚接受到他想與歐陽家在生意上合作的意願，他的樣子非但不讓人討厭，反而能感受到他的誠意與重視。

正當歐陽奉準備與靳騰遠進一步交談時，氣氛有了微妙的轉變。

穆丞海所假扮的服務生從靳騰遠背後走過，歐陽子奇忍不住多看了他的方向一眼，嘴角揚起一抹淺到連他自己都沒發覺的笑容。

和歐陽子奇引人注目的打扮相反，穆丞海穿著服務生們統一發配的制服，並將頭髮梳得整齊服貼，一副沒有度數，樣式甚至稱得上俗氣的金邊眼鏡戴在臉上，隱藏住他的帥氣，怕被靳騰遠認出來，他還刻意在嘴巴上黏了假鬍子。

上完緊湊的服務生培訓課程，以及林豔青每天不間斷的魔鬼訓練之後，穆丞海看上去儼然是個專業的服務生，背脊挺得端正，態度從容不迫，不論是走路姿勢，亦或是短暫停駐為客人服務時的體態，都顯得異常完美，就連他將裝了酒的酒杯遞給客人時所露出的微笑，都挑不出任何毛病。

但看似狀況良好的他，其實現在整個腰部與背部都痛得不得了，全身呈現僵直狀態，每走一步路，扯動痠疼的肌肉，都讓他的眼淚快要飆出來。

果然是隔行如隔山，每個行業都有辛苦的地方，要親自體會過才能明白，當服務生真的一點也不輕鬆。

靳騰遠注意到歐陽子奇那短暫的走神，微瞇起眼眸，暗地裡猜測他眼神飄移的原因，雖然一時還沒頭緒，但已經本能地防衛起來。他不著痕跡地制止歐陽奉想要進一步交談的舉動，相當有技巧地結束談話，接著他往會場的角落走去。

靳騰遠離開後，在旁邊等待許久的市長女兒江以晴，抓到空隙趕緊拉著自己父親上前攀談，表面上是基於禮節來與宴會主人打招呼，但在聊天過程中卻頻頻向歐陽子奇送秋波。

不論是外貌、教養或背景，江以晴都是與會的名媛中，條件不錯的前幾名，見她對兒子有意思，歐陽奉當然樂觀其成，於是替年輕人製造機會，以長輩們有要事要私下聊聊為理由，半強迫的要歐陽子奇帶著江以晴到會場外的庭院去散散步，給他們獨處談心。

歐陽子奇擔心穆丞海的狀況，原本不想離開會場，但怕堅持留在這裡，會讓遠處一直盯著他瞧的靳騰遠起疑，只好先順從父親的意思，帶著江以晴離開。

雖然對自己這身服務生的偽裝頗有自信，但穆丞海畢竟是第一次看到這麼大的宴會場合，難免心生緊張，於是從宴會開始到現在，他幾乎是專注地做好服務生的工作，直到他看見歐陽子奇被迫挽著一名女子離開，無法繼續留在會場內幫他，才下定決心，不能再逃避下去。

靳騰遠隨時有可能離席，到時就要浪費這個歐陽子奇好不容易替他製造出來的機會了。接下來他得靠自己行動，執行計畫中最關鍵的部分。

穆丞海偷偷看向靳騰遠，發現有位身材和靳騰遠差不多高大、留著一頭微捲長髮的男子，正在和靳騰遠聊天，看到他們此刻站的位置，地點比較隱密，要下手也比較不會引起騷動。

於是，他端起托盤，擺了幾杯酒，裝作若無其事地往靳騰遠的方向走去。

由於殷大師說過，血液是要塗抹在雙眼上的，這需要幾毫升的血量，因此不能只拿張布或是衛生紙沾血就好，必須是液態儲存的血液。

他們考慮過是不是要用針筒，這個工具會讓抽血或存血都方便，但靳騰遠不是植物，他有感覺，在針扎下去一定會被發現的情況下，萬一靳騰遠掙扎的過程中不小心讓針頭斷在身體裡……光想就覺得可怕。

或者，穆丞海得用其他方式弄出個傷口來，然後和靳騰遠比速度，迅速拿出小瓶子來裝血。

總之，他的口袋裡現在塞滿可能會用到的工具。

唉……穆丞海不禁覺得，如果靳騰遠是植物人，或許事情會好辦得多。雖然這樣講好像在詛咒對方一樣，非常缺德。

離靳騰遠還有二十幾步的距離，兩名女士踩著高跟鞋，搖曳生姿地走過來，在他的托盤上拿走兩杯酒，穆丞海朝她們漾開笑容，禮貌地說：「祝妳們在宴會上玩得愉快。」

再往前跨了三步，一個父親帶著自己的小孩跑過來，又拿走兩杯酒。

喂！雖然宴會用的酒，酒精濃度並不高，但是未成年的小孩不能喝酒啊！心裡雖然這樣吐槽著，但穆丞海還是笑著提醒他們，「小心喝醉。」

轉眼托盤上只剩下一杯酒了，穆丞海不斷祈禱客人們都別注意他，讓那杯酒安然完好地留在托盤上，讓他可以順利接近靳騰遠。

但他的希望終究是破滅了，在離靳騰遠只剩不到十步的距離，一名紳士拿走了最後那杯酒。

穆丞海原本還想要硬著頭皮，朝靳騰遠繼續接近。

但就在此時，靳騰遠突然轉頭看向他的方向，與他四目相接，那個眼神極冷，讓穆丞海有股血液瞬間凝結的錯覺。

他的偽裝沒露出破綻吧？會不會被靳騰遠認出來了？

不行、不行，他要鎮定，他現在的裝扮可是經過豔青姐審核，確定沒有問題，才來到宴會會場的，要對自己有信心，絕對不會露出馬腳。

在自我心理建設一番之後，穆丞海沒有心虛的移開目光，他朝靳騰遠露出符合服務生身分的禮貌笑容，靳騰遠沒有回應他的笑容，轉頭繼續跟身邊的人談話。

穆丞海暗自鬆了口氣，但想到如果這樣繼續接近的話會很奇怪，只好將托盤夾在腋下，回去廚房將酒補滿。

第二回接近靳騰遠的行動展開。

穆丞海記取教訓，盡可能地在銀製托盤上擺滿酒杯，這相當考驗他的平衡感，他單手撐著托盤，不只要維持優雅的走路姿勢，還要設法保持身體穩定，不讓任何一滴酒灑出杯外。

只是，他的辛苦努力，最後還是以失敗做結，在接近靳騰遠前，酒又被其他賓客拿光，鎩羽而歸，穆丞海只好重新來過，再回去廚房倒酒。

這次，在出發之前，他事先規劃了一條路徑，故意繞來繞去，就挑那些手裡已經拿有飲料的人旁邊走，為了演得像一點，他還刻意三不五時停下來詢問那些賓客需不需要飲料。

這樣的舉動很費時，過程中他的眼睛不時瞄向靳騰遠，表面鎮定但心裡著急。不知道靳騰遠還會待多久？會不會在他繞路的過程中，就和那名長髮男子聊完天，然後閃人？

由於他問的都是手裡已經有酒杯的人，對方理所當然會回拒，因此，他最後終於順利拿著滿滿一盤子的酒，成功來到靳騰遠身邊。

「需要飲料嗎？」穆丞海刻意改變說話的聲調，詢問靳騰遠。

「不用。」靳騰遠回頭看了他一眼，隨即拒絕，注意力調回和他交談的男子身上。

穆丞海見機不可失，在與靳騰遠錯身而過一步路之後，抓準靳騰遠回頭的瞬間，拿出暗藏的小刀，對準靳騰遠露在長袖襯衫外的手背處劃去。

就在電光石火間，一直站在靳騰遠附近的貼身保鏢程浩，察覺穆丞海的襲擊動作，立刻出聲提醒，並且迅速朝他們奔去，打算制伏穆丞海。

再來是靳騰遠收到提醒，反應迅速地往後頭退了一步，在躲避攻擊的同時，身體也做出回擊的準備。

但穆丞海、靳騰遠跟程浩的動作，都被另一個意外打亂。

一名帶著濃濃醉意的賓客，冷不防地一個踉蹌，雙腿一軟，笨重身體撞向穆丞海，導致穆丞海手上的銀製托盤掉落在地，發出匡啷巨響，連帶著托盤上的酒杯也摔破，穆丞海失去重心，倒向那堆碎玻璃。

無法克制的發出一聲低叫，穆丞海的腦中瞬間閃過好幾個念頭。

……他雖然已經亮出小刀，但還沒成功劃傷靳騰遠，現在托盤落地引起騷動，靳騰遠勢必會把注意力轉到他身上，他要趕快把小刀藏好，至少不會被冠上什麼行凶的罪名。

……地上那堆碎玻璃，除非他現在可以馬上變身成電影裡身懷絕技的主角，不科學的扭動身體改變落地方向，不然他就只能選擇用手去撐在滿是碎玻璃的地上，或是什麼都不做，直接讓臉親上去。

……不管是哪一個選擇，可預見的是，都將痛到不行。而且，他的姿勢鐵定是難看死了，光想到他即將在這麼多知名的大人物面前出糗，就好想瞬間變成隱形人消失！

最重要的是……

到底是哪個混蛋在這麼關鍵的時刻撞他啊！

他如果真的因為這樣而死於非命，就算變成鬼，也定要纏著那個混蛋不放！

穆丞海做出最終決定，他將小刀甩向一旁的桌子底下，眼睛迅速搜尋地上玻璃比較少、手放上去後又足以支撐整個身體的區域，然後認命地準備迎接又痛又糗的時刻。

預期中的疼痛並沒有發生。

有個好心人，及時拉住他的手肘，讓他的身體在接觸玻璃碎片前停住。

雖然幸運逃過血光之災，但深怕那個拉住他的善心人士會突然鬆手，導致最後的結果還是親吻地板，只是發生的時間比較晚一點而已，穆丞海急著起身，結果姿勢過急過大，手臂揮動的幅度剛好劃過那個拉住他的人的臉頰。

等到穆丞海站穩身體，暗鬆了口氣，這才發現剛剛出手救他的人正是離他最近的靳騰遠，而且可能是因為自己手上的戒指有割面太過銳利，竟然在靳騰遠的臉頰上留下一道傷口。

看著那道傷口流下血液，穆丞海的眼睛都亮起來了，也顧不得現下是處在什麼狀況，只知道要趕緊從口袋裡掏出小瓶子，去接住靳騰遠流下的血液，興奮之情完全蓋過靳騰遠竟然出手救他的震驚。

靳騰遠沒有遺漏穆丞海將刀子丟開的動作，現在再看到穆丞海的表情，雖然不知道背後原因，但也猜到跟自己的血液有關。

於是，他反應迅速地揚起手，扣住穆丞海的手腕，反轉，先將小瓶子弄掉，再將他手指上那枚劃傷自己的戒指拔下，收入口袋，這才鬆開對穆丞海的箝制，然後丟下整個會場裡錯愕的賓客，快步離開現場。

跟在靳騰遠身後離開的程浩，默默地看了穆丞海一眼，眼神帶著警告意味。

這一切發生得太快，穆丞海還呆愣在原地，反應不過來。

靳騰遠走了，而他……還沒拿到血啊！

可惡，這麼大好的機會！

曾經有一滴可以救他命的血，就在他的眼前，這麼近，只要伸出雙手，就能摸到，而他竟然錯過了！

老天是真的要亡他對吧！

不行，他不能這麼輕易就放棄，穆丞海從哀嘆中恢復神智，往靳騰遠離開的方向追了過去。

原本和靳騰遠聊天的男子，留著一頭微捲長髮，簡單紮成一束馬尾，垂掛在胸前，目睹剛剛整件事情經過的他，露出玩味笑容，抱持著看好戲的心情，也尾隨著穆丞海身後，一同往靳騰遠離開的方向過去。

「到底跑哪去了？」

穆丞海追著靳騰遠來到會場旁的別館位置，卻追丟了他的蹤跡。他在走廊上來來回回繞了好多圈，都沒看到靳騰遠，心裡才在煩惱要怎麼找到他，就被幾個突然出現、身材壯碩的保鏢架住，直接拖往某間會客室裡。

靳騰遠就坐在會客室裡的沙發上，修長的雙腿交疊，手臂則環抱在胸前，看著穆丞海的眼睛依舊沒有溫度，他的存在，就像是一個能將周圍光芒都吸進去的黑洞，威嚴、壓迫，連那頭顯眼的銀色短髮，也只是將他的冷酷襯托的更加明顯而已。

只要與靳騰遠對看幾秒，就會產生一種要被殺了的錯覺。

總體來說，靳騰遠長得很帥，再加上長期鍛鍊的精實身材，讓他的外表年齡看起來遠低於實際年齡。

但他渾身散發出來的氣息太過冷傲，應該沒有多少女人敢在他面前表達愛慕之情，這種男人，雖然看著賞心悅目，卻很難相處。

靳騰遠的臉上有一道被穆丞海不小心劃到的傷口，此刻已經止住血，只留下淺淺的痕跡。穆丞海進門後就一直盯著那道傷口，巴不得它裂得再大一點，讓血液可以狂噴出來。

「我可以將你偽裝成服務生，三番兩次假借送酒想要接近我，最後還拿出刀子的行為，理解成是要暗殺我嗎？」靳騰遠開口，語調低沉冰冷。

原來他的行為都被人家看在眼裡！

穆丞海乍聽之下微微愣住，但隨即反應過來「暗殺」兩個字的嚴重性，立刻搖頭否認，「不是要暗殺啦！我只是需要你一點點的血液而已。」

「我的血液？」就算是疑惑的問句，靳騰遠的表情依舊沒有太大變化。

穆丞海用力點頭，「沒錯，你的血液，拿來救命用的。」

「怎麼救？」

「之前在育幼院前，殷大師提到過……」

見靳騰遠願意給他解釋的機會，穆丞海立刻將事情的前因後果說給他聽，中間還夾帶著賺人熱淚的誇大描述，精采程度媲美賣座電影。

但靳騰遠聽了卻沒什麼反應，既然用情感面無法感動他，穆丞海決定換個方式，以談生意的口吻補充說服：「只要一點點血就好，開個價，看你需要多少錢才願意賣，而且，我保證拿到血後，絕不會再來打擾你。」

這句話，卻讓靳騰遠的臉上閃過一絲複雜的表情。

穆丞海察覺了，卻猜不透那是什麼意思，當他這麼近距離看著靳騰遠時，覺得兩人真的長得很像。要說他們是親兄弟，年紀似乎有點遠，因此他更傾向於靳騰遠是他親生父親的想法。

但靳騰遠知道他是他的親生兒子之後，就會拿血液來救他嗎？自己可是被放在育幼院門口自生自滅，靠院長養大的，他可不認為自己的親生父親會有這樣的親情表現，還不如靠自己取得血液比較實在。

「只要一點點血，大概 30 毫升……」看到靳騰遠的臉色越變越陰沉，穆丞海趕緊改口，「不然 10 毫升就好，比去捐血車捐血的量少很多耶！」

這次，靳騰遠站起身，走到穆丞海面前，高出穆丞海半顆頭的身材帶來直接的壓迫。

「我的血液很尊貴，那怕只是一毫升，都不想浪費。」說完，朝架著穆丞海的保鏢使了個眼色。

穆丞海雙腳騰空，立刻被架離了會客室。

有沒有這麼小氣！他也不過是想要一點點血液來用而已，臉上都有現成的傷口了，擠一點給他也不行嗎？

到了外頭，保鏢將穆丞海放下後便逕自離去，只剩他不斷地嘀咕，試圖想再闖入看看。但眼看會客室門口多了一倍的保鏢量，要再進去根本不可能。

沒辦法，只好先回去找子奇商量，看接下來怎麼辦吧。

穆丞海離開後，會客室內幽暗偏廳的房門被打開，不久前和靳騰遠在會場裡聊天的那名微捲長髮男子慢條斯理地走出來。

「比爾少爺好。」程浩朝對方鞠躬。

見那名男子現身，靳騰遠立刻示意程浩帶著其餘手下離開，騰出空間讓兩人暢所欲言。

「很有趣的反應。」

比爾大方地坐到靳騰遠旁邊的沙發空位上，順手拉鬆領帶，並解開襯衫的前幾顆釦子，讓衣襟微微敞開，絲毫不受靳騰遠的氣勢影響，態度自若，薄唇因為適才的畫面勾起別有深意的笑，讓他看起來透著一股性感與邪氣的致命魅力。

面對比爾，靳騰遠的表情也不再那麼冷淡，「你堅持要留下來躲在旁邊觀看，就只是為了看那個你認為『很有趣』的人的反應？」

「不，我感興趣的，是你的反應。」比爾伸出手，用指腹輕輕滑過靳騰遠臉上的傷口。

靳騰遠沒有躲開，任憑他放肆的行為。

「明明可以不管對方死活，輕鬆閃開，卻還是伸手拉住對方……明明以往都直接讓程浩去處理那些想要對你不利的人，卻還故意回頭將迷路的對方帶來這裡……種種異常，還不讓人好奇是什麼情況嗎？結果，躲在旁邊看了半天，你竟然只是要探聽對方『暗殺』你的原因，問完後還讓他完好無缺地走出去……哼哼，太不對勁了。」

比爾發出一聲嘆息，「親愛的藍卓里先生，你知道自己在短短的幾分鐘內，做出了多少反常的舉動嗎？」

面對比爾的質問，藍卓里，也就是靳騰遠，並沒有閃躲，反倒用著調侃的語氣回諷：「我都不知道你現在管的事這麼多了，連我的反應應該是什麼，也在你的管轄範圍裡？」

「沒辦法，誰叫伊琳娜過世了，無法管你，而你的老婆韓綾也管不動你，我只好勉為其難接下這份工作，替大家管一管你囉。」比爾露出一副他也很不願意的無奈表情。

靳騰遠發自內心地笑了，起身為彼此斟了杯紅酒。

「比爾，我想跟你談一筆合作生意。」

「喔？跟我合作？」拿起酒杯，和靳騰遠的杯子輕輕相碰，發出清脆的聲響，比爾露出玩味笑容，「我都不知道原來你對演藝圈的事業也有興趣。」

「之前是沒有，不過現在開始有了。」靳騰遠將杯中的紅色液體一飲而盡。

MAX是吧，就讓他親自來確認一下這兩個傢伙到底有多大的能耐。

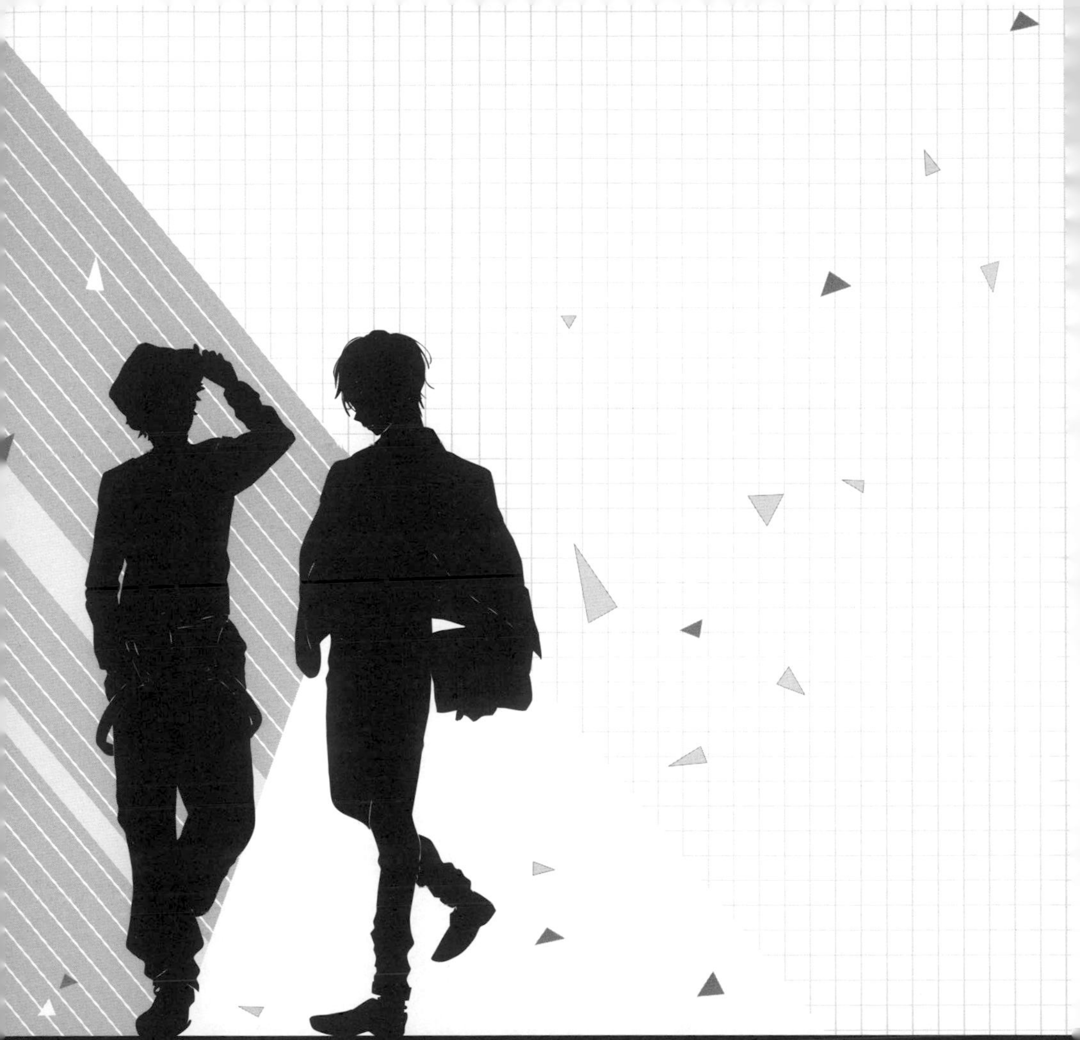

Chapter 3

徵選會（上）

唉，這下棘手了。

穆丞海無精打采地走在寰圖娛樂公司的走廊上，邊搓揉著身上的痛處，邊回想幾天前在歐陽家的慘痛經驗，經過那場宴會的「洗禮」，他總算親身領教到靳騰遠有多冷酷。

雖然穆丞海從沒想過能跟靳騰遠相處融洽，但……情況比他想像中更糟，竟然這麼不留情地把「可能是」親生兒子的他丟出去！算了，都過去了，再記仇也於事無補，該擔心的是接下來怎麼做才好。

靳騰遠幾乎不在公開場合出現，行程也很難掌握，再經過子奇家宴會的暗算後，要見上一面簡直比登天還難。

穆丞海煩惱著該怎麼做才好，他經過寰圖娛樂的第一會議室，看見一群經紀人從裡頭魚貫走出，樣子像是剛開完會，走在那群人最後頭的是MAX的經紀人楊祺詳，他的手裡拿著一疊資料。

「嘿，小楊哥！」

穆丞海走到楊祺詳旁邊，好奇他們剛才是在討論什麼，怎麼會有這麼多人參加會議啊？

「咦？小海，你怎麼在這裡，現在不是應該在拍雜誌封面嗎？」

「早拍完啦！原本預計要拍三、四個小時，結果一個小時就搞定了，那個攝影師還滿厲害的。」穆丞海滿心佩服。

「當然，今天拍照的攝影師可是大導演薛畢的御用攝影師，品質跟效率都是一流的。」

穆丞海雖然在演藝圈也好幾年了，但除了合作過的人外，其他人的名字他根本沒記住幾個，尤其是與音樂不相關的，更沒在注意。也因此，他並不知道楊祺詳用著接近崇拜口吻提到的大導演薛畢是什麼來頭。

此刻，比起瞭解薛畢是誰，穆丞海對對方手裡的資料更感興趣。

「小楊哥，這是什麼啊？」

「喔，這個啊，是徵選會的資料。」這是何董相當重視的一個徵選會，希望寰圖娛樂旗下藝人都能參加，剛才一堆經紀人聚集開會，就是為了討論徵選會的相關細節。

「《復仇第二部：Robert篇》電視劇徵選會？」

穆丞海看到這幾個字，本該是興趣缺缺的。

雖然他演過電影，參與過舞臺劇、歌劇的演出，在經過豔青姐的指導後，他的演技也確實進步許多，但在心理層面上，對演戲依舊有著某種程度的排斥。

不過，當他看到資料封面的出資者欄位竟寫著「青海會」時，眼睛瞬間亮了起來。

「小楊哥，這個徵選會是幹嘛的？」這一瞬間，穆丞海感受到上帝雖然關了一扇窗，卻又替他開啟了另一扇大門。

「演藝圈的電視劇金牌導演薛畢，要為T臺拍攝一部年度大作。這次的劇本是曾經締造高收視率的《復仇》系列第二部，以『科幻』為題材，許多經紀公司都搶著要讓自己的藝人在裡面演出一角，哪怕只是無關緊要的小角色都行，製片方為求公平，這次劇中的主要角色，都採用徵選方式，公平公開。」

「真的公平公開嗎？會不會其實早就內定了啊？」穆丞海懷疑。

「這點大可放心，薛導重視演員實力，絕不接受關說，這是眾所皆知的事。

剛剛我們開會，就是討論要派哪些藝人去參加徵選。」

「這個出資者很有來歷嗎？」穆丞海假裝不經意地問，他是知道青海會，卻不知道青海會在演藝圈裡的地位怎樣。

「我也不是很瞭解，但是有消息說青海會打算拓展演藝事業，計畫投資電視劇跟電影拍攝，這次的電視劇是他們在演藝圈的第一步，砸了大錢出資贊助，因此也格外重視這部電視劇的拍攝成果。」

「小楊哥，資料可以借我看一下嗎？」

「可以啊。」楊祺詳將徵選會的資料遞給他，後者馬上翻閱起來。

看著穆丞海認真翻閱資料的模樣，楊祺詳露出古怪表情。

小海不是向來對演戲敬謝不敏的嗎？

穆丞海看得非常仔細，資料裡頭有劇情簡介、徵選的角色說明，以及一些徵選會的相關規定，最重要的是，他看見青海會在這次的電視劇主要業務聯繫人，竟掛著靳騰遠的名字。

「小楊哥，公司決定派誰去參加徵選會了嗎？」開放徵選的角色有好幾個，他應該有辦法爭取到其中一個角色吧。

「公司裡會演戲的人不少，不過實力水準都差不多，如此一來，要推薦誰去也挺頭痛的，剛剛開了三個多小時的會也還沒確定人選。」

穆丞海在心裡開始打起算盤，既然是青海會重視的戲劇，靳騰遠又是主要聯繫人，到時他去拍攝現場探班的機會很大，就算沒去探班，至少開拍跟殺青的時候，靳騰遠總會出現吧！

「小海，你現在不會是在考慮……要參加徵選會吧？」小楊哥試探地問。

「是啊。」不過，他還沒決定要參加哪個角色的徵選，穆丞海繼續認真翻閱資料。

靳騰遠已經知道自己接近他是有目的，不排除看到他報名徵選，書面審查時就直接動用權力把他剔除掉，就希望薛畢導演真如小楊哥所說，是個重視演員實力、絕不接受關說的公正導演，讓自己憑實力拚搏一場。

因為不確定靳騰遠什麼時候會去探班，角色要挑戲份多的比較好，但又不能是最重要的主角，不然收視率好壞的壓力會落在他身上，所以，像是第二男主角或是第一男配角這種最適合。

「真的假的？不會吧——」楊祺詳拉長語音，露出詫異的表情。

「小楊哥，你幹嘛反應這麼大？還是說電視劇的工作不在你原本的考量內，這樣會打亂你的行程安排？」

是不在考量範圍裡沒錯，不過楊祺詳之所以這麼驚訝，是因為他知道小海很排斥演戲，所以先把跟戲劇相關的工作過濾掉了。

要是他願意演，楊祺詳當然開心。自從穆丞海得了最佳新人後，電影跟電視劇的邀約不斷，其中不乏好劇本，他卻只能一一推拒，覺得心痛也覺得可惜，像這次的《復仇第二部：Robert篇》便是其中一例。

「你要是想參加徵選，下次會議我直接幫你提出，其他人一定也沒異議。不過，你真的確定要演嗎？」楊祺詳語氣微頓，「薛導的戲風評雖好，但他的脾氣也是出了名的古怪，我怕會讓你演戲的壓力加劇。」

「沒問題啦，我可以的！」穆丞海的想法很單純，他的目的是為了斬騰遠的血液，薛畢的脾氣再古怪，也不關他的事。

楊祺詳一掃剛開完會那時的愁眉苦臉，開心問著：「那你想演哪個角色？」

「我看看喔……」穆丞海翻著角色介紹的頁面。

這次的題材是科幻片……有了！就是這個！第二男主角是一個沒有人類情感的機器人。哇，機器人耶……不用太多表情變化，怎麼看都是為他量身打造的角色，他就選這個好了。

對了，還要幫子奇挑一個。

宴會那天，自己單獨被靳騰遠帶走，子奇一直很自責當時不在現場，無法及時幫助他，事後反覆叮嚀，未來不管是什麼行動，都要讓他知道，能參與的絕對要讓他一起參與。

所以，穆丞海自然將好友算入這次的徵選會中。

該替子奇挑哪個角色呢？

子奇平常專心音樂，對演戲應該不上手，找一個不太需要演技的好了……有了！第一男配角是個富家少爺，機械天才，為了復仇製作出機器人，這個角色不錯，應該很適合子奇。

「小楊哥，你就幫我推薦這兩個角色吧！」穆丞海指著角色欄的第二男主角與第一男配角。

「兩個角色？你想一人分飾兩角嗎？你挑的這兩個角色在整部劇中有很多互動，到時候可能不好分開拍喔！」楊祺詳提醒。

「不是啦！我只對一個角色有興趣，機器人這個。」穆丞海指著機器人那欄的簡介，「另一個少爺的角色是幫子奇留的。」

「子奇也要演嗎？！」楊祺詳比剛剛聽到穆丞海要接演戲劇時更驚訝了。

「我也不確定他願不願意接，但如果去跟他商量一下，應該沒問題吧。」畢竟這關係到他能不能活下去，相信子奇願意幫忙的可能性極高，不過……「小楊哥，你幹嘛這麼驚訝？」

「那是因為，你竟然會主動說要接戲劇演出，還連子奇都考慮進來了，子奇平常除了製作音樂，偶爾願意配合宣傳拍攝廣告，其他類型的工作他都沒興趣接，這次他會願意去演電視劇嗎？」

這兩個人，一個排斥演戲，一個對演戲沒興趣，若非特殊原因，像是之前的小海被趕鴨子上架，或是慶祝寰圖娛樂十周年的挑戰，戲劇通告向來不會出現在MAX的工作清單裡。

「呃……」這確實很不像他們平時的作風，但總不能明白說出他真正的動機吧，「是這樣的，畢竟MAX在歌唱方面也算小有成就了，接下來當然要往全方位藝人邁進！」

語畢，穆丞海拍了拍楊祺詳的肩，假借之後還有約，先離開了。。

回去後，穆丞海好好地跟歐陽子奇解釋了一下情況，對方爽快地答應參加角色徵選會了。

得到同意後，穆丞海立刻打電話告知楊祺詳，請他務必要幫他們爭取到這個機會。

隔日，楊祺詳在會議上提出推薦，何董欣然同意讓MAX參加徵選。

包含穆丞海和歐陽子奇挑中的兩個角色在內，這次總共有二十三個角色要徵選，而所有參加徵選的人員將在同一天到T臺的徵選會場報到。

因為前一晚各自在不同地點工作的緣故，穆丞海和歐陽子奇在徵選會這天並沒有一起抵達現場。會場人很多，穆丞海走著走著竟然迷路了，更糟的是他還忘記帶手機，眼看時間緊迫，便隨手抓了個路過的人，詢問他報到處在哪。

那個人的表情陰沉，極不友善，目光古怪地看了穆丞海一眼，然後將手指向一條走道。

才想跟對方道謝，就見那人頭也不回地往另一個方向走去。

穆丞海聳聳肩，也懶得細想對方的奇怪之處，只想著趕快報到最重要，子奇應該已經在那裡等他了，萬一他趕不上報到而錯失徵選機會……

穆丞海渾身抖了一下，那麼被他拉來參加徵選會的歐陽子奇，應該會在他因為陰陽眼死掉前，先動手掐死他吧！

越靠近報到處，周圍的指示就清楚多了，幾個寫著角色名字的大掛牌懸吊在報到處的桌子上方。穆丞海先找到了他要徵選的角色報到處，登記完後，拿了一袋資料，轉身便去找了子奇。

兩人找了較空曠的樓梯處，打開各自領到的資料袋，據說裡頭的角色介紹比之前送到公司的資料還要詳盡，還有最重要的徵選評分說明。

穆丞海從自己的袋子裡抽出一本只有薄薄幾頁的冊子，仔細翻看裡頭的資料說明。

明，AI人工智慧機器人，擁有近似於人類的外表，無法理解深刻的人類感情，在一場火災後被製作出來，擁有先進的防火能力，被當作復仇工具。

奇怪，角色介紹怎麼只有短短一段？難道是漏印嗎？

穆丞海把剩下的頁數翻完，發現除了第二頁寫著評分方式外，其他幾頁都是空白，最後一頁則印有此次參加這個角色徵選的報名者名單，穆丞海動動手指數一數，有二十六個，都不是他熟悉的名字。

再看看歐陽子奇拿到的資料。

萬封之，萬氏科技研發集團的二少爺，個性低調陰沉，遺傳了其爺爺的發明天分。

在一次意外中，萬家住處遭到競爭對手惡意縱火，只有萬封之和當時不在家的哥哥兩人存活下來，內心因此充滿仇恨，製造出機器人「明」，打算展開復仇，背部有遭火燒傷留下的疤痕。

關於角色的說明竟達五頁之多，其中包含萬封之的家世背景介紹，萬封之與其他角色的關係圖，還有一些劇本裡摘錄出來的劇情片段。

這角色真的只是第一男配角嗎？穆丞海看了不禁咋舌，相較之下，他這個第二男主角的角色說明好少啊！

而且，看了子奇的角色資料書後他才發現，在評分標準的部分，萬封之這個角色也有十分詳細的配分方式：

演技：70％（包含情感表達：40％、演技純熟度：40％、吸睛程度：20％）

口條：20％（咬字：50％，語調：50％）

外型：10％

反觀機器人「明」，評分方式那一欄，為什麼只寫著「臨場反應」四個字啊！

穆丞海再翻到報名參加萬封之的角色徵選名單那頁，竟然列了七十幾個名字，其中還不乏當紅的偶像明星與實力派演員。

可見「男主角」還是「男配角」這種頭銜根本不在大家的考量裡，比起「明」

這個從頭到尾面癱的機器人角色，萬封之這種情感轉折大、又集智慧、外貌及悲劇於一身的人物，更是眾人競相爭取的角色。

子奇，對不起，替你選了一個競爭這麼激烈的角色……

穆丞海雖然覺得子奇真的很有才華，但也只是在音樂方面，要在一大群實力堅強的專職演員中脫穎而出，太渺茫了。

穆丞海拍拍歐陽子奇的肩，大有先一步安慰他「就算落選也沒關係」的意味。

「子奇，你的徵選是幾點開始？」

歐陽子奇翻了翻手上的流程表確認，「十點。」

「我的是十一點開始，我們至少有兩個小時的時間應可以做準備，不過，這麼多人參加徵選，導演真的會一一看過每個徵選者的表演嗎？」

姑且不說其他角色的徵選怎樣，光就從他和子奇這兩場徵選來判斷，就覺得這個時間間隔安排得滿詭異的。

十點和十一點，要在短短一個小時內看完萬封之那七十幾名參加者的表演，真的有可能是每一位都認真看，然後挑出最適合的演員嗎？很難不讓人聯想到已經內定好了啊！雖然小楊哥一再保證薛導的徵選會絕對公正，但誰又知道事實為何呢。

「導演會親自挑選的角色只有這幾個：第一跟第二男主角、第二女主角、第一男配角跟第一女配角，其他角色則是由兩位副導來決定。」歐陽子奇攤開角色徵選的綜合總表，將標有「導演親選」記號的欄位指給穆丞海看。

「是耶，真的有註明。」同時，穆丞海也眼尖地發現，這次的徵選會並沒有開放第一女主角這個角色，「子奇，你有聽說那個內幕消息嗎？第一女主角似乎內定由王希燦反串了。」

當初風聲出來時，可是嚇壞了許多人，王希燦是實力堅強的演員，他若真的要反串女主角，一定是能拿出令人眼睛一亮的表演，絕不是弄個噱頭而已。搞的許多一線女演員私底下抱怨，又少了個演出的機會，男演員們則慶幸少了個競爭對手。

「有聽說，只是我沒去確認消息真假。不過，我希望這個消息是假的。」

「為什麼？」穆丞海的八卦魂都飄出來了。

歐陽子奇露出耐人尋味的笑容，這下讓穆丞海又更好奇了，非常想知道其中原因。

王希燦得過好幾屆的影帝，不論是大螢幕的電影或是小螢幕的電視劇，都有很傑出的表現，穆丞海和他稱不上熟，但歐陽子奇可不一樣了，因為父執輩的緣故，歐陽子奇和王希燦算是一同長大的好朋友。

因此，子奇會露出那樣的笑，一定是有什麼不為人知的內幕！

吊足了胃口後，歐陽子奇卻始終沒打算在這時解惑，拿起「明」那本薄薄的角色說明資料，輕敲穆丞海的頭。

「先努力拿到角色再說吧。」

早上十點多，歐陽子奇的徵選已經開始，穆丞海一個人無聊，只能到處閒晃，晃著晃著，決定先到明的角色徵選會場去等。

踏進占地近百坪、由大型舞蹈教室改布置而成的徵選會場，穆丞海看到有一些參選者也已經進來等待了，大家各自用著不同方式做最後的準備。

穆丞海將自己寫著十六號的號碼牌黏在胸前，再找了張椅子坐下，拿出那本已經被他翻爛的角色資料，沒有意義地數了數頁數後，覺得太無聊了，最後只好把資料放下，開始發呆。

不曉得子奇那邊的情況怎麼樣了？

若不是會場禁止參觀，他好想去看子奇的徵選過程喔！

十點三十分左右，好幾名穿著打扮明顯與徵選者不同的人走了進來，在評審席的位置坐下。

原本喧譁的徵選者們頓時安靜下來，視線集中在那些人身上。

評審席是一張長型桌，總共有七個座位，桌上放著名牌，正中央的位置寫著導演薛畢，穆丞海審視著那位坐在薛畢位置上的男子，身材高挑，長髮微捲，穆丞海沒見過薛畢，卻覺得那張臉看起來有點面熟，是在哪看過呢？……絞盡腦汁，就是想不起來，穆丞海索性放棄，繼續觀察其他評審。

薛畢位置左方則是當紅的資深女演員吳芳芳，其他評審則是T臺的主管，比較奇怪的是最左邊和最右邊的位置，雖然都坐了人，但是他們的座位處並沒有放上名牌。

穆丞海覺得評審中就屬那兩個人最奇怪了，他們坐在長桌兩邊不起眼的位置，卻是評審群中最認真觀察徵選者的，不像其他評審，各自聊天，翻資料，一臉無聊的，都對徵選會不太上心的樣子。

穆丞海不禁揣測，這兩個神祕人物，搞不好才是真正握有決定權的人，或者，會不會中央那個人並不是薛導，兩人之中的一個才是？

「現在開始徵選。」一名T臺主管將手中的報到名單與在場的人員核對過後，站起來宣布。

「不是還沒十一點嗎？」絕大多數的人在聽見宣布後，立刻走回座位坐好，但還是有人對於提早徵選這點產生不滿，發出質疑，穆丞海看向那個人，是個號碼寫著五號的傢伙。

那位T臺主管解釋，「因為『萬封之』的角色評選提早結束，為了節省時間，所以才讓『明』的徵選提前開始。」

在T臺主管說明的同時，坐在正中央薛畢位置的人也抬頭看了那個發問的五號一眼，然後在桌上的一疊紙張中抽出一張，拿起筆在上頭寫了東西。

「解決掉一個。」見到評審席上那個人的動作，坐在穆丞海身旁的十七號參選者發出幸災樂禍的笑。

「怎麼回事？」穆丞海看著手上的名單，找到十七號的名字，叫周智彥。

「薛導演不喜歡沒有長腦的演員，尤其是那些愛問多餘問題的。」

穆丞海詫異，「所以坐在正中央那個人真的是薛畢啊？」

「你不認識薛導？」周智彥驚訝的看著穆丞海。

來參加徵選的人，不就是衝著薛導才來的嗎？就算不是，薛導那麼有名，怎麼會有人不知道他長什麼樣子？

穆丞海哈哈哈地乾笑三聲，將這尷尬的問題帶過。

「現在，我們將讓大家採同時表演的方式，請各位試著演出機器人，展現你們的演技。」T臺主管宣布。

「請問，是要演出哪一種機器人呢？有沒有什麼背景，或者機器人的隸屬年代，先進不先進這類的設定？」二號參選者發問。

「沒有，請大家隨性發揮，希望能讓觀眾一目了然，一看就知道你飾演的是機器人，但又對這個機器人感到驚奇。」薛畢開口。

又要一目了然又要令人驚奇啊……這兩點有點互相違背吧！

穆丞海還在思考要怎麼表現出這兩種感覺時，T臺主管宣布要大家開始演出。

徵選會場頓時充滿各式各樣的機器人，有動作就跟人類一樣，只是聲音改變成機械音，也有努力想表演出變形金剛的，但大部分的表演都還是演出肢體僵硬的那種。

過程中，薛畢看著大家的表演，不時跟旁邊的人交談幾句，但從頭到尾，最左邊和最右邊座位的那兩個人卻沒與其他人交談，就像兩尊雕像坐在那，獨自欣賞著參選者的表演。

穆丞海覺得他們兩個實在太奇怪了，突然心生不妙，那種長相怪或是行為違背常理的，在他以往的經驗裡，通常都是……鬼耶！

那兩個不會是吧……

心裡擔心著是不是又見鬼了，以致於當T臺主管宣布表演結束時，穆丞海從頭到尾只是坐在座位上，沒做出任何表演。

「那個十六號在幹嘛？」參選者中，有人發現穆丞海沒有動作，竊竊私語。

「可能是在演出沒電的機器人吧！」不知道是哪個人如此回答，讓場內發出低低的訕笑聲。

慘了！他竟然太過專注看那兩個「人」，忘記做出機器人的表演。

穆丞海對嘲諷不以為意，只是對評審席那兩個人的行為覺得不對勁，越想越怪，於是偷偷問身邊的周智彥：「我問你喔，評審席那裡，最邊邊沒有放名牌的座位，你有看到有人坐在那嗎？」

「有啊。」

「可是，你不覺得怪怪的嗎？剛剛大家表演時，其他評審都會交頭討論，就只有沒放名牌的評審動都沒動耶！」

「應該是拿來測試我們用的吧。我不是說了嗎？薛導不喜歡亂發問的演員，或許就是故意設計這個陷阱來誘使我們發問，好踢掉不對他胃口的演員。」

原來如此。

其實那兩個人是不是拿來試探他們的穆丞海並不在意，既然周智彥也看得見，那應該就不是鬼魂，穆丞海放心不少。

「各位，早上的徵選就到這裡告一段落，請大家先行休息用餐，我們下午一點回到這裡繼續進行徵選。」T臺主管宣布。

「什麼？還有下午啊？」參選群起了一陣騷動。

「嗯，為了更瞭解大家的實力，我們臨時決定再增加一場徵選。」

「可是你們發的行程表說上午會結束，我看了才叫經紀人去排下午的通告耶！現在這樣不是要我們自己扛下失約的責任嗎？」有參選者發難，指責主辦單位臨時改變行程，造成困擾。

T臺主管還未做出解釋，倒是薛畢站起身，直接挑明，也不多廢話，「如果有事，要退出徵選也沒關係。」隨後不管其他人的錯愕，轉身離開徵選會場。

當穆丞海走出「明」的徵選會場時，歐陽子奇已經坐在會場外頭等他。

「你們那邊好像比預定時間還快結束，結果怎麼樣？」穆丞海關心問。

「拿到角色了。」歐陽子奇淡淡地說，似乎對這樣的結果並不意外。反倒是穆丞海興奮極了，直接給他一個擁抱，恭賀他在徵選中勝出。

「好樣的，恭喜啊！」

歐陽子奇回以微笑，反問：「你那邊的情況呢？」

「下午還要繼續。」穆丞海嘆了口氣，覺得這種分上下兩場的徵選會真是累人，他總算是領教到薛畢做事的古怪，如果晚上還臨時加一場，他也不會感到意外了。

「這樣啊。」歐陽子奇皺眉，「可惜下午我和小楊都還有事，等一下要先回公司，不能留下來陪你，如果有問題無法處理，或是有人要為難你，記得打電話給我們。」

歐陽子奇和楊祺詳向來有個默契，只要是穆丞海工作時，他們會盡可能留一個人在現場陪他，免得有心人傷害他。但自從上次穆丞海嚴正表明自己不願被當成溫室裡的花朵保護後，這樣的行為便少了許多。

「別擔心，我知道。小楊哥怎麼也來了啊？今天不是說好我們兩個來就好，上午沒事讓小楊哥多休息？」

「小楊是代表公司來跟T臺談簽約細節的。」

「哇！動作這麼迅速喔，才剛徵選完，馬上就要談簽約，酬勞如何？」

「還不賴，基本上合約部分沒什麼問題，這好像是薛畢的一貫作風吧，不喜歡事情拖太久。電視臺方面也希望可以盡快簽約，不過我請他們再等一下，晚點再給答覆。」

「為什麼？」既然合約沒有問題，酬勞不錯，又是名導演加上電視臺高規格製作的年度大戲，還有什麼好猶豫的？

歐陽子奇無奈輕笑，「穆丞海先生，你該不會是忘記這次參加徵選會的目的了吧？」真想剖開這位搭檔的腦袋，看看裡頭是什麼異於常人的構造，「我們來參加徵選會是要藉機接近靳騰遠，好取得血液耶！」

「對喔——」經這麼一提醒，穆丞海才回到狀況內。

「如果你沒拿到角色，我也沒必要接下這份工作了。」歐陽子奇拍拍穆丞海，壞心地說，「因此，就看你的表現了。」

穆丞海搔搔頭，可惡！他突然覺得壓力好大！

Chapter 4

徵選會（下）

吃完午餐，短暫休息過後，穆丞海回到徵選會場，等待下午「明」這個角色的徵選會開始。

子奇已經拿下角色，他也必須盡全力才行，不能辜負子奇的付出。

穆丞海觀察四周，雖然上午場結束時，不少人暗嚷著下午有通告、參加這個徵選很累、T臺姿態太高等等抱怨，但參選者還是幾乎到齊了，只有一開始發問的五號，遲遲未出現。

難道真如周智彥所說，被薛畢提早判出局了嗎？

一點整，薛畢和其他評審相繼入席，同樣由坐在薛畢旁邊的T臺主管向大家講解規則。

「下午的測試，是演技的真正考驗，同時也是要藉這個方式，瞭解大家的背景與對角色的想法，待會請各位參選者直接化身為劇中『明』這個機器人，用他的行為與說話方式，進行簡短的三分鐘自我介紹。」

T臺主管一講完，場內鴉雀無聲，大家對於這項測驗都頗為緊張，在這種令人窒息的氣氛下，T臺主管更落井下石，「準備時間是五分鐘，等一下會用抽籤決定順序。」

只能準備五分鐘？太短了吧！而且要在這麼多人面前自我介紹，感覺還真尷尬，穆丞海有股想要逃跑的衝動。

「自我介紹」可以說是穆丞海的罩門，如果是私下跟別人聊天，他可以很健談，但要在公開場合介紹自己，他就難以面對了。不管怎麼說服自己，除了彆扭，還是彆扭啊！而且他人生中必須要正式自我介紹的機會少之又少，連當初要進寰圖娛樂時，也因為子奇的緣故，不需要經過寰圖的高層面試，就直接進入公司成為藝人了。

他該怎麼介紹自己才好呢？

大家好，我叫穆丞海，今年二十五歲——好像太嚴肅了。

哈囉～各位好啊！我是穆丞海，請大家多多指教——好像又太輕浮了。

而且，還要以機器人「明」的身分，是要怎麼介紹啊！

莫非是要用呆板無起伏的機械聲音來介紹自己？這樣講完評審應該也都睡死了吧。

就在穆丞海猶豫不已時，五分鐘過去，一位助理拿著箱子，請大家抽籤決定順序，穆丞海抽到十號，算是中間的位置。

也就是說，他還有一點時間可以思考等等輪到他時該說什麼。

抽中一號的參選者走到場地中央，對著評審們開始介紹自己，可能是因為第一個介紹，太過緊張，以致於剛開始講話的時候有些結巴，雖然後半段逐漸回穩，但整段自我介紹的表演已經回天乏術。

第二個參選者的介紹就有自信多了，或許是第一位的表現給了他信心，說起話來精采流暢，但介紹完後，評審臺上卻沒什麼反應。

奇怪，他覺得二號講得還不錯啊！

「又一個人被淘汰啦！他忘記以『明』的身分來介紹了。」周智彥解說，這下穆丞海也懂了。

輪到第三位參選者，他的表現亮眼，連薛畢都開口跟他聊了幾句，自我介紹完後，幾位評審也不吝給予掌聲。三號的表現影響了在場其他還沒自我介紹的參選者的心情，連穆丞海也不由得緊張起來。

在三號後頭，四號跟五號的介紹相形之下就顯得乏善可陳。

六號和七號的介紹還可以，但他們的表演方式卻和穆丞海想的兩個備案互撞了，他暗叫不妙，抽到比較後面的號碼雖然可以多點時間思考，但也有表演的點子先被用掉的風險，他只好趕快再想新的方式。

周智彥也上去表演了，表現還不錯，如果要排名的話，大概只比三號差一點，目前算是第二搶眼的人物。

輪到穆丞海時，想到要自我介紹，又想到上午的表現不好，內心壓力已經大到瀕臨極限，連走到場中央的動作都顯得僵硬，原本設計好的表演方式，也在站定位的那瞬間，腦袋整個空掉，全忘記了。

臉部僵硬，做不出任何表情，聲音緊繃，語調平板到不行，完全是依靠本能，將自己在育幼院長大的人生介紹一遍，甚至連對演戲有心裡障礙的事情都不自覺得脫口而出。

他因為緊張而產生的表現，卻陰錯陽差地符合了機器人的形象，已經有許多參選者偷偷將他列為勁敵。

連導演薛畢，也專注地聆聽穆丞海介紹自己，似乎對他很感興趣。

「你會想要找到你的親生父母嗎？」薛畢突然這麼問。

啊？跟演戲完全不相關的提問，讓穆丞海在錯愕之後，終於有一點點回到現實世界的踏實感。

但是，他並沒有料到導演會針對他的個人部分提問，這要他怎麼回答才好？答案會影響到徵選成績嗎？

就在穆丞海猶豫時，比回答這個問題更讓他腦袋當機的畫面，發生在評審席上。

坐在最右邊的座位，也就是讓穆丞海覺得很奇怪的那兩位評審之一，他的頭髮突然以肉眼可見的速度，不斷地變長，從肩膀長到桌面，再落到地上，穆丞海的臉色也隨著那頭髮變長的速度，越來越呆滯慘白。

「這……完全超出理解範圍……」

該不會最後這個房間會被頭髮塞滿，然後將他們纏繞悶死？

「超出理解範圍？」穆丞海說得很小聲，薛畢不是很確定他所聽到的，於是再次確認，「想要找到親生父母的念頭，很無法理解嗎？」

穆丞海會意過來，想解釋：「我的意思是指……」

那個評審的頭髮啊！正常人頭髮會這樣長嗎？是擦了哪個牌子的生髮水，這麼有效啊！

不過，穆丞海可無法真的這樣回答，尤其是當他看見那個擦了「超有效生髮水」的評審，身體沒動，頭卻緩緩地轉了一百八十度，用後腦勺對著他後，穆丞海告訴自己絕對不能表現出任何驚恐的樣子。

「『明』沒有親生父母，『明』是封之少爺製造出來的。」將說的話都賴給「明」之後，也不管薛畢是不是還想發問，穆丞海趕緊做總結，「以上就是我的自我介紹演出，謝謝大家。」接著就像逃命似地奔回座位上。

T臺主管見狀，也只好繼續呼叫下一位參選者出來自我介紹，然而穆丞海已經沒有心思去看其他人表演。

不對啊！他早上明明跟周智彥確認過，周智彥也說有看到那位評審，他才放心認為對方是人的，莫非周智彥也有陰陽眼？

心裡滿是疑惑，穆丞海轉頭小聲問周智彥：「你不是說有看到評審席上最旁邊坐著人嗎？」

「是啊，最左邊確實坐著人啊，怎麼了嗎？」

最左邊？穆丞海聽出其中的蹊蹺，莫非是……「那最右邊呢？」

「最右邊不是空位嗎？」

「所以評審席上，你看到是坐了六個人，而不是七個人？」

「嗯，是六個人。」周智彥越聽越覺奇怪，這種一看就知道的事，為何要跟他再三確認？

「不過，也有可能是七個啦，搞不好吳芳芳懷孕，這樣就真的是七個人了。」周智彥說完，自以為很好笑，還發出呵呵笑聲。

面對這個冷笑話，穆丞海完全笑不出來。

「這樣算下去，也有可能是八個、九個、十個……」周智彥還欲罷不能地擴增數量。

最好是懷了這麼多胎啦！

原來是問話時產生誤會。穆丞海無心追究下去，連吐槽都懶了，因為他看見評審席上的那個鬼開始有動作。

他站起來，把臉轉回參選者的方向，那張臉變得不太一樣，穆丞海的血液幾乎要凍結了，他看過這張臉，在今早來到會場，找不到報到處的路時，就是他為自己指的路！

穆丞海很怕對方會往他走過來，他學乖了，現在根本不敢隨便盯著鬼看，就怕不小心眼神對上後，又被跟著回家。

不知過了多久，所有參選者都介紹完畢，評審們也開始交頭接耳，細聲討論。

穆丞海的注意力還放在那個鬼身上，就見他走到薛畢旁邊，突然露出詭異又不懷好意的笑容，朝薛畢伸出手。

他想做什麼？

穆丞海一驚，心裡掙扎著要不要出聲提醒薛畢。

而就在這時，火災警報器突然響了，大家四處張望，想知道發生什麼事。

徵選會場的出入口只有前後兩個門，只見後門的門板底下縫隙，有白色煙霧竄了進來，許多參選者慌慌張張地站起，有幾個動作快的，已經往前門衝去，毫不猶豫地開門逃出，瞬間不見蹤影，另外有幾個人雖然覺得不太對勁，但還留在會場裡觀望沒敢亂跑。

薛畢冷靜坐在位置上，一雙眼睛如鷹般銳利，觀看著大家的反應，而所有徵選者中，只有穆丞海從頭到尾坐著不動，面無表情地看著評審席的方向。

當然，他並不是真的不怕火災，實際情況是，在警報器響起來的那一瞬間，長髮鬼魂正把他的手圈上薛畢的脖子，嚇得穆丞海僵在原地不知如何是好，後來發現薛畢對鬼魂的觸碰並沒有出現不舒服的模樣，對警報器亦無動於衷，自己也就放心坐著，沒跟大家一起躁動。

自我介紹時表現的不錯的三號，觀察到薛畢和穆丞海的反應，突然發現不太對勁，很機靈地坐回座位，努力表現出鎮定的樣子。

「這不是煙，是乾冰！」遠處有參選者發現真相，大喊。

其實，只要冷靜觀察，就會發現那個煙是假的，真正火災現場的濃煙會往上竄，而乾冰的煙則是貼著地面，現場也沒有嗆鼻的燒焦味。

薛畢拍了拍手，讓工作人員關閉火災警報器。然而這個只是很普通的拍手動作，卻讓長髮鬼魂受到極大驚嚇，身體不斷後退，頭髮也越縮越短，最後隱沒於牆壁中。

難道薛畢本身也是驅鬼高手？

鬼魂消失後，穆丞海鬆了口氣，心裡甚至猜想著，那個鬼魂的頭髮會不會縮短到最後，結果變成光頭……

「如果各位有細讀劇本，就會知道『明』這個機器人是在火災過後被製造出來，所以他的運轉核心有許多防火知識，他的身體不怕火，也最能處理火災狀況。因此，在聽到警報器響的時候，『明』是不會害怕，也不會逃跑的。」

T臺主管向還留在會場裡的參選者解釋。

「關於『明』的評審標準，資料本上寫得很清楚，是考驗大家的『臨場反應』，也是要評比大家對角色的掌握及入戲程度，這個徵選會場的空間寬闊，短短幾秒鐘的時間並不會危急生命，誰能快速分析狀況，就能獲得高分。」

T臺主管講解完後，彎身跟薛畢確認。

薛畢的眼神在穆丞海和三號之間來回流轉，在最後評審確認單上寫下號碼，遞給T臺主管，自己則起身，把握時間，往下一個徵選會場走去。

「錄取的是，十六號，穆丞海。」

當日晚上，穆丞海、歐陽子奇與T臺簽完約後，兩人回到住處。角色拿到手，離接近靳騰遠以取得血液的目標又近了一步，但既然是用演員的身分接了工作，他們當然也會全力以赴。

穆丞海坐在餐桌旁，按照慣例，拿到劇本便開始一字不漏的背起臺詞來；歐陽子奇則坐在沙發上，快速將劇本從頭到尾翻過一遍。

這次的電視劇《復仇第二部：Robert篇》共有十集，雖然他們飾演的都不是最主要的角色，但戲分也不算少。

穆丞海細讀劇本發現，「明」這個角色跟他原先預期的不太一樣。

明的臺詞雖然不多，但很多幕都有他的戲分，而且，以目前拿到的拍攝行程表來看，前一個月他幾乎每天都要到棚，緊湊程度比當初拍《豔陽》時還累。

穆丞海這邊的臺詞才剛背完一幕，就見歐陽子奇已經放下劇本，起身拿了健身滾輪，開始在客廳地板上鍛鍊起身體。

「你都背完了？」穆丞海露出疑惑表情，怎麼子奇的樣子，比他這個演過電影的人還要駕輕就熟。

「沒有，只是先瀏覽過一遍，瞭解故事在說什麼而已。」

「喔。」應完聲，穆丞海繼續埋首於劇本中。

歐陽子奇看向穆丞海，反問：「你不會是想要將所有臺詞一次背起來吧？」

「是啊，反正現在也沒事做。」將劇本翻頁，穆丞海不只另外拿了張空白紙抄寫臺詞，還用各種五顏六色的筆在臺詞旁邊註記，「不過，你不是固定上健身房健身的嗎？真難得看到你在家裡鍛鍊身體。」

「因為萬封之這個角色有裸露上半身的鏡頭，我想把線條練好看一點。」歐陽子奇回應。

穆丞海聽了，突然神情詭異地跑到沙發旁坐下，兩眼盯著正在使用地板滾輪鍛鍊腹肌的歐陽子奇，賊笑兩聲，「你該不會是因為豔青姐說你的身材沒看頭，想要趕快鍛鍊，在鏡頭前呈現完美、精實的線條，好讓她大吃一驚，然後改變對你的評價吧？」

這小子真的是自尋死路。

歐陽子奇瞪了他一眼，「豔青姊的事，我還沒找你算帳，你倒是自己先提起了？」

「唉唷，我也不是故意瞞著你的，是怕你知道家裡有個看不見的女鬼在，會不自在，才沒跟你說。」自己也是用心良苦好不好。

「豔青姐現在在家嗎？」

「不在，殷大師那天來訪後，豔青姐就很少在家裡走動了，也不知道她跑去哪閒晃了。」穆丞海回到餐桌旁，繼續背著劇本裡的臺詞。

聞言，歐陽子奇停下動作，思考了一會兒後，告訴穆丞海：「如果你遇到豔青姐，幫我告訴她，我不介意她在家裡住下。」

「好。」穆丞海抬頭，瞭解歐陽子奇是在表達他對豔青姐的接納，感激地回以笑容，接著又埋首於劇本中。

歐陽子奇見穆丞海抄抄寫寫地如此認真，好奇問道：「你的劇本密密麻麻地寫了那麼多字，到底是寫了什麼？」

「這個嗎？是劇本分析啊。」穆丞海說著，秉持著好東西要與好朋友分享的原則，獻寶似地拿著劇本再度跑到歐陽子奇身旁，將劇本湊到他面前，「你看，每句臺詞該用什麼語氣，做出什麼表情，我都寫上去了。」

歐陽子奇將滾輪放至一旁，接過劇本翻閱，發現上面劃滿線，寫上諸多附註，像是「氣憤→腹部用力，用擠出大便的力道演出」、「難過→機器人的面癱愁眉苦臉，要想像正在流眼淚，但不能流出眼淚，簡稱欲哭無淚」，頓時有股額上三條線的感覺。

或許他該請小楊幫海安排一些語文表達的訓練課程，免得他繼續濫用成語，還將劇本分析得不倫不類。

「如何？這是我揣摩豔青姐的方式，自己做的紀錄。」看到歐陽子奇對劇本分析有興趣，穆丞海開心地說道。

「我告訴你喔，這樣寫附註，對演戲很有幫助耶！可以快速理解編劇在這段劇情裡想要表達的意念，也可以讓自己的表演更具體、更豐富，增加演出深度。子奇，你要不要也試著分析你的臺詞看看？」穆丞海顯得有些興奮。

「你在教我怎麼演戲？」歐陽子奇露出令人玩味的笑容。

「哎呀，論演戲，我也算是前輩，比你有經驗嘛。子奇你就別裝了，我知道你現在心裡一定很緊張，這次你的戲分不像之前我們公司的迷你劇《靈偵探柯一男》那般，只有兩三句臺詞，不過沒關係，第一次難免都會這樣，我的人生第一幕戲可是NG了好幾次呢！」

歐陽子奇的笑意更深了，「那下週正式開拍時的對手戲，還請你多多指教了，穆前輩。」

「好說、好說，我會多罩著你的。」穆丞海拍拍自己胸膛保證，想到子奇為了他如此拚命，連原本不感興趣的戲劇都接演了，他真慶幸自己能認識這樣的好兄弟，然而再對照另一個可能是他親生父親的靳騰遠，對他的態度卻如此冷漠，穆丞海不禁感慨起來，「還好我們都有拿下角色，現在就等靳騰遠去拍攝現場探班，想辦法靠近他，拿到血液了。」

「海，我問你一個問題，你要老實回答，不能隱瞞。」歐陽子奇突然正色道。

「你問吧！我們說過不再隱瞞對方，不管你問什麼，我都會照實回答。」

穆丞海闔起劇本，狐疑地看著突然變得正經的好友，「你這麼嚴肅，難道是想問我是不是處男？還是你自己遇到 XX 困難的問題，想尋求解答？」

一顆抱枕在穆丞海說完的同時，往他臉上招呼過去，被穆丞海靈巧地閃開了。

「果然是吧！被我說中，惱羞成怒了。」穆丞海繼續朝歐陽子奇痞笑。

「說中你個大頭鬼！我是想問你關於靳騰遠的事。以他的年紀來判斷，是你父親的可能性極大，但他似乎不打算跟你相認。海，我想知道你是怎麼想的，會很失望嗎？」

歐陽子奇早就想問了，但自從他們知道關閉陰陽眼必須取得靳騰遠的血液，並且展開一連串計畫和行動後，就開始忙進忙出，直到現在才有機會坐下來好好聊一聊。

「該怎麼說呢……雖然，疑似是自己爸爸的那個人是個黑道，又不想跟我相認，乍聽之下好像應該很難過或很失望……」穆丞海皺起眉，伸手搔著自己的頭髮，「但是，不知道為什麼，我反而有一股如釋重負的感覺耶！」

「為什麼？把你的感覺都說給我聽。」歐陽子奇不解，反問。

「如果一直都是那麼冷酷無情的人，看到我就突然叫聲『乖兒子』，然後熱情地跑來抱住我，那情況應該更詭異吧！而且，我是不清楚青海會的制度怎麼樣，但如果靳騰遠掛點，會長的位置是要傳給兒子的，那他不跟我相認正好，可以省去很多不必要的麻煩啊。」

見歐陽子奇還不太放心的樣子，穆丞海接著說：「我跟靳騰遠本來就不熟，突然冒出一個老爸來要好好相處，對我而言也不容易。反正，我只是需要他的血來幫助我封閉陰陽眼，除此之外，應該也不需要其他交集吧。」

說到這邊，他的語氣突然猶豫起來，「子奇，你說，我只想要他的血液來救自己，卻不想認這個老爸，你會覺得我太無情了嗎？」

「不會。」歐陽子奇對他回以溫暖燦笑，「我會提出這件事來問你，是怕你太鑽牛角尖，跑出自己被遺棄之類的負面想法。當然，我更不希望你去苛責自己並不渴望與靳騰遠相認這點。」

說著，歐陽子奇伸出雙手捧住穆丞海的臉，讓彼此的眼睛可以正視，修長的指尖貼著穆丞海的肌膚，從指腹傳來的溫度讓穆丞海覺得溫暖安心，接下來歐陽子奇的一番話，更讓他整個人盈滿感動，久久無法自已。

「不管你是不是靳騰遠的兒子，都不會改變你是『穆丞海』的事實，也不會抹去你曾付出過的一切努力。」

穆丞海垂下頭，看著地板，微長瀏海遮去他的表情，但聲音泛起的哽咽卻洩漏了他的心情，「子奇，有時候我真的覺得你很神，我明明什麼都沒說，你怎麼會知道我很在意當大家知道我是靳騰遠的兒子後，會不會改變對我的觀感？覺得我是黑道老大的兒子很恐怖，不敢再跟我有接觸……」

「不是我神……」歐陽子奇伸手摸了摸穆丞海的頭，然後屈指在他的額上用力彈了一記，「是我跟你太熟了，連你大便是什麼形狀我都知道，怎麼會不知道你心裡在想什麼？」

靠，痛死了！穆丞海唉叫出聲，雙手蓋住額頭，搓揉著，「吼，傷感的氣氛都被你破壞了啦！」

「還有時間傷感？你不是還有大半本臺詞沒背起來嗎？」

是耶，都忘記要背臺詞了……不過，有演出的好像不只他一個，怎麼另一個人卻這麼悠閒啊！

「子奇，你沒打算背臺詞嗎？」

「臺詞看熟就夠了，我演戲是憑感覺的。」歐陽子奇驕傲又充滿自信地微揚嘴角。

「是喔……還有啊，子奇，你真的知道我的大便是什麼形狀嗎？」

一顆抱枕，再度往穆丞海臉上飛去。

Chapter 5

驚喜（嚇）連連的電視劇

《復仇第二部：Robert篇》的開拍記者會上，擠滿各大媒體的記者，之所以如此轟動，是因為這部電視劇充滿話題性，不管是導演、演員選角，或是第一次大手筆出資影視拍攝的青海會。

記者會在主持人用著高八度的興奮聲音，極盡所能炒熱現場氣氛下展開了，記者們摩拳擦掌，跟著熱血起來，準備在接下來的提問時間，搶得發問先機，挖出最爆炸性的新聞。

T臺總經理率先拿起麥克風，期許這部電視劇能帶來高收視率與高評價，要大家拭目以待，接著把發言權交給導演薛畢，但薛畢說沒兩句話，現場氣氛便瞬間冷了下來。

和其他導演會積極推薦自己的作品不同，薛畢既不請大家一定要收看支持，發言也極為簡短而不友善，甚至有種你們要看不看，都不會影響他怎麼拍攝的傲氣。

薛畢發言完後，T臺高層趕緊出來打圓場，幸好娛樂記者常跑薛畢的新聞，都習慣他的調調，也不怎麼在意他的冷淡或是態度，甚至連薛畢個人在記者會上不接受提問這點，也都沒有反彈。

這樣的冷然性格，又讓穆丞海聯想起青海會的靳騰遠，只是靳騰遠的冷是絕對的漠然，像是對周遭一切都不關心，薛畢的冷卻是倨傲的，最好旁人都不要來招惹他，他落得輕鬆。

倏地，穆丞海腦海閃過一個畫面，他想起來了。

難怪他一直覺得薛畢很面熟，他就是子奇家辦慈善宴會那晚，跟靳騰遠交談的微捲長髮男子嘛！難怪這兩個人的調性那麼類似，青海會還拿錢投資薛畢的電視劇，原來是早就認識了，看來他們的交情應該還不錯。

按照記者會的流程，記者們的提問順序，會從第一女主角開始，接著依序是第一男主角、第二女主角、第二男主角……如此安排，是為了避免出現提問混亂，導致記者會過於冗長，讓導演在中途耐不住性子拍桌走人。

飾演第一女主角的人，果然和楊祺詳得到的內幕消息一樣，是由王希燦反串，這也是《復仇第二部：Robert篇》的大亮點之一。

「請問希燦怎麼會想要出演女主角呢？」某臺記者發問。

「在接演《復仇》前，我總共拍了三十八部電影，參與過五十四部電視戲劇的演出，演過非常多不同類型的角色，從小孩子到老人，社會底層工人到一國總統，甚至連同志片、非人類都演過，卻從沒飾演過女人，我想挑戰看看自己的演技極限，這也是我會接下《復仇》女主角的原因。」

說著，王希燦對底下的記者們拋出一個迷人的媚眼，馬上引來此起彼落的快門聲，短短幾秒內，閃光燈將會場照耀地如同白晝。

「在這裡我也對其他有興趣接演《復仇》女主角的演員們說聲抱歉，因為我的緣故，導致這個角色沒有開放徵選，直接內定給我。在此，我保證絕對不會辜負大家的期待，演出一個最棒的女主角。」

「請問希燦要如何揣摩女性角色？有沒有什麼特殊的方法，可以在這裡跟大家分享？」某報社記者發問。

「這個問題，請容許我在這裡先保密。」王希燦調皮地眨眨眼，「等到劇播出後，如果你們覺得我演得好，再來跟大家分享演出的方法與心得吧！」

接下來的提問，多半繞著反串的話題打轉，也有記者問到，薛畢會同意女主角不透過徵選會，直接敲定王希燦演出，是不是因為薛畢也很賞識王希燦的能力之類的問題。

記者們的焦點幾乎集中在王希燦身上，對其他角色就顯得漠不關心，當輪到第一男主角跟第二女主角接受訪問時，過程很快就結束了。女主角因為是主要角色裡唯一的生理女性，還可以分到較多的關愛，但是第一男主角就徹底被透明化了，場面在這個階段有點冷下來，直到第二男主角的訪問時，現場才又熱絡起來。

「現在輪到飾演『明』這個角色的穆丞海接受訪問，在《復仇第二部：Robert篇》這部劇裡，明是一個擁有A.I.人工智慧的機器人，現場有哪些記者朋友想要提問的呢？」

主持人說完，好多記者同時舉手，熱絡程度不輸給王希燦。

「穆丞海曾經拍過電影《豔陽》得獎，這次演出電視劇，是不是也以得獎為目標呢？」

穆丞海沒有什麼雄心壯志，收視率要破多少，或是再拿個什麼獎項之類的，都不在他的計畫中。他演這部電視劇就只有一個目的——增加接觸嶄騰遠的機會！

但面對記者的提問，當然不可能這麼回答。

漾開微笑後，穆丞海打起官腔，「演出非人類的角色是個很大的挑戰，現階段我只想專注地演好這個角色，至於能不能得獎，就聽天由命囉！」

「丞海你在拍完電影後，有很長一段時間沒有戲劇方面的作品，直到前陣子才接演寰圖娛樂自製的迷你劇《靈偵探柯一男》，這次再度接演《復仇》，是不是打算繼續朝戲劇界發展呢？」某影音平臺的記者發問。

《靈偵探柯一男》這部迷你劇才剛放上平臺不久，就引起網友的廣大迴響與好評，覺得這樣風格的戲劇很適合MAX，紛紛表示希望兩人之後有更多的戲劇作品，就連歐陽子奇的初次演出也受到觀眾喜愛，雖然臺詞不多，無法評斷他的演技如何，但是角色特質掌握得非常好。

「這次的劇本很有趣，也是吸引我參加角色徵選的原因，至於未來是不是要朝戲劇界發展，我想我跟公司方面都不會設限，只要有好的劇本跟機會，隨時都可能再推出戲劇類作品的。」

穆丞海的笑容變得更加迷人，瞬間捕獲一堆少女的芳心，但他的心裡卻想著——才怪，要不是為了接近靳騰遠，他才不想演戲咧！之後也別指望再看到他有戲劇演出！

「另一個大家關注的焦點是，《復仇》這部戲劇也是MAX繼《靈偵探柯一男》之後，第二次在戲劇上合作，而且這次的集數更長，角色更吃重，不知道MAX此刻的心情如何？」

記者會上大部分的發問都在意料之中，包含MAX的戲劇類合作這題也是，穆丞海和歐陽子奇針對這個問題商討過該怎麼回答，早已做好萬全準備。

只見他們先轉向對方，相視而笑，許多的信任與期待都在那個眼神之下不言而喻，也看得台下的記者們露出會心一笑，然後才由穆丞海代表MAX對著麥克風回答：「我們都很期待在戲劇裡展現出在音樂上那樣的好默契。」

現場響起如雷掌聲。當然，也不是所有的記者都買帳。

「請問，這次的選角，是刻意讓MAX兩人同時入選，以增加噱頭嗎？」

記者席中，突然有人不等主持人同意，就直接提出尖銳問題。

穆丞海沒料到有人會這麼問，一時之間不知道該如何回答，表情顯得有些尷尬，倒是薛畢直接拍桌發飆，「這是哪家的記者？新來的嗎？」

在薛畢的導演王國裡，只要是公開徵選的角色，舉凡關說、內定、威逼、利誘，都是不可能發生的事。薛畢非常不喜歡被人誤會，不管是明說或暗指，對他來說都是莫大汙辱，這也是他每踩必爆的地雷處，所以常跑他新聞的記者都不會問這樣的問題。

T臺高層趕緊站出來打圓場，再三強調他們的徵選完全公正公開，MAX會同時入選只是巧合，他們是憑實力爭取到角色的。

穆丞海的訪問時間結束，接著輪到歐陽子奇接受訪問。

記者的提問不外乎就是一些關於角色揣摩、第一次演出長劇有什麼感想之類的，甚至有記者將歐陽子奇的音樂才華與電視劇聯想在一塊，提問道：「這次《復仇第二部：Robert篇》的主題曲跟配樂，是由歐陽子奇來製作嗎？」

「哦，這個主意不錯！」薛畢突然發言，然後也不管周圍的人怎麼想，直接轉頭問，「子奇你願意負責劇的主題曲跟配樂嗎？」

T臺主管顯得有些尷尬，歐陽子奇也不知道怎麼回應才好。

看得出來薛畢的邀約完全是臨時起意，歐陽子奇不知道T臺是不是已經安排了其他人製作音樂。雖然導演這麼問，但電視臺或許有他們自己的考量，在導演跟電視臺還沒達成共識前，他表示接受或拒絕都不恰當。

薛畢問完後，也不等歐陽子奇回答，又接著對記者們說：「如果子奇的時間允許，音樂部分一定會交給他！」頗有直接向電視臺宣告事情就這樣定了，沒得商量的意味，然後又開始恢復沉默，像個沒事人一樣。

記者會的訪問到了後半段，穆丞海發現薛畢似乎越來越不耐煩，好幾次變換雙腿交疊的姿勢，手指不停敲著桌子，一副想要趕快結束記者會的樣子。他想，薛畢可能是想趕快去準備拍攝事宜吧，畢竟明天一大早就有戲要拍，導演不像他們，只要管好自己的戲份就行。

其實，不只薛畢的心思不在記者會上，穆丞海此刻的心情也很慌，因為預期該出現的靳騰遠到現在還沒出現。而且，今天出席的人這麼多，就算靳騰遠出現，他又該怎麼接近？

如果佯裝不小心摔倒在靳騰遠身上，再拿出暗藏的小刀劃過他的手，這樣行得通嗎？該怎麼摔也要好好拿捏，要是傷口劃太深，或是刀子不小心直接插入靳騰遠的身體裡，那簡直是奉送在場媒體一條大新聞，直接上明天頭版了。

穆丞海不斷在腦中排演靳騰遠出現後的行動，不過最終靳騰遠還是沒來記者會，青海會只有派靳騰遠的妻子韓綾做代表，親自送來花束，並祝賀戲劇大賣。

他們又喪失了一次接近靳騰遠的機會。

薛畢是個急性子，已經決定的事就不想浪費太多時間等待，記者會上說了要找歐陽子奇製作音樂，會後馬上就請人擬定合約，然後殺到寰圖娛樂找何董和歐陽子奇簽約。

整個夜晚，薛畢更是想到什麼點子，就直接傳訊跟歐陽子奇討論。

歐陽子奇今天不用進棚拍戲，也沒有其他工作，薛畢這樣積極，他倒也無所謂，能夠早點規劃電視劇的配樂跟主題曲，也是好事。不過薛畢今天一早還要導戲，整夜討論又沒睡，讓他們深深覺得這導演有過人的體力跟意志力。

今天是戲劇開拍的第一天，穆丞海有戲份必須到棚，他在預定時間前半個小時就抵達拍攝現場，原本以為應該會有開拍前的祭拜儀式，結果不要說是香，連供品都沒瞧見，他覺得疑惑，逮著場記，就直接問了。

「咦？不用拜拜嗎？」

「小海哥，薛導演的戲是不拜拜的。」

「真的假的！」

很多導演就算不信開拍前一定要先拜拜這套，但是為了安演員跟工作人員的心，還是會象徵性地準備一些供品，以求拍攝順利。連之前史蒂芬·墨本拍《豔陽》時，也有入境隨俗拜拜了。

「是、是啊……」這個場記跟著薛畢拍了很多部電視劇，是薛畢團隊的固定班底之一，他在回答這個問題時眼神很閃爍，不過穆丞海的神經太大條，並沒有發現他的不對勁。

「哇，第一場戲就有這麼多人員到場啊！」穆丞海瞄了一眼攝影棚內，除了劇本表上有列出名字，這場戲要出席的演員外，場地周圍也站了許多像是工作人員的人，將攝影棚擠得滿滿的，動用的人員數量，比當初拍電影的規模還大。

「多？」場記隨著穆丞海的眼神方向看去，演員不算的話，加他在內也才六個工作人員，其中還包含攝影師，這樣算多嗎？

或許大家對「多」的定義不一樣吧！場記不以為意，和穆丞海又聊了幾句後，就離開去忙自己的工作了。

穆丞海進到休息室，在造型師的幫助下換好戲服，弄好妝容，然後回到攝影棚內。今天的拍攝，主要是他和王希燦的部分，場景在廚房內，穆丞海和王希燦在流理臺旁預備，利用正式開拍前的空檔，聊起天來。

「自從看過《豔陽》後，就一直很想跟你合作，後來《歌劇魅影》的分組很可惜沒在同一組，今天總算能如願了。」女裝打扮的王希燦，身體半倚著流理臺，靠著東墊西墊雕塑出來的姣好身材，似柔軟無骨、婀娜多姿，嗓音也比平時輕甜許多。

「我也很期待跟你合作。」倒是穆丞海的聲音因為緊張，顯得不太自然。

「丞海，跟我講話不用太拘束，你平時怎麼跟子奇互動的，也那樣跟我互動就行了。」

唉唷，早說嘛，那他就不用這麼客套啦！

「希燦，想不到你的女裝扮相這麼好看，完全沒有違和感耶！」穆丞海整個解放，開啟無所不聊模式。

王希燦原本的外貌雖偏向花美男類型，卻也不會讓人聯想到偽娘，但現在穿著女裝，再戴個假髮，妝一化，竟比當紅名模還漂亮，若是夏芙蓉看到他這樣子，鐵定會覺得上天不公平。

「我可是下足了功夫，用心揣摩怎麼演才能百分之百像個女生的唷！」說著，手臂便輕巧地環上穆丞海的脖子，整個人攀在他身上。

雖然這個動作也是等等要拍的戲分之一，但王希燦突然這樣攀上來，穆丞海還是被嚇了一跳，忍不住後退了一步，屁股直接撞上流理臺。

這真的是演技嗎？也太驚人了吧！

之前雖然只跟王希燦打過幾次照面，但印象中他是一個很穩重的人，不管是談吐或動作都有一股很沉穩的力量，雖然說擁有影帝實力的他是演什麼像什麼，但是能演女生演到這麼到位，也太驚人了！

「那個……希燦，還沒開拍，你可以不用這麼早入戲沒關係。」穆丞海幾乎是用求饒的口氣在說，他想躲開，奈何後頭無路可退，王希燦的身材雖然比他嬌小一點，攀住他的臂力卻很大，讓他動彈不得。

「這我也沒辦法，只要是拍戲期間，我角色一上身，就下不了戲，只能請你多多擔待了。」王希燦嬌滴著聲音說。

穆丞海頓時額上出現三條線，突然妄想著，會不會哪天在報紙上看到新聞，王希燦穿著女裝出門逛街之類的……

王希燦嘟起嘴唇撒嬌，往穆丞海越貼越近，雖然知道他應該沒有要親他的意思，但那模樣看起來實在是太像在索吻，穆丞海只好尷尬地別過頭，也就是這麼一撇頭，讓他看到了奇怪現象。

一隻手，就只有一隻手，憑空出現在他們身旁不遠處的空中，然後握著櫥櫃抽屜的把手，將那些抽屜一個一個地拉開。

不只如此，又出現另一隻手，還是只有一隻手，沒有身體的其他部分，將那些被拉開的抽屜又緩緩關上。

抽屜開關的途中，發出輕微聲音，好幾個工作人員經過，都轉頭看了一下，不過也就只是看了一下而已，又波瀾不驚地走開了，好像抽屜沒事自己開開關關的現象很正常一樣。

就連還攀在他身上、離抽屜很近的王希燦，也是一副見怪不怪的樣子。

這是怎麼回事？只有手在拉抽屜，也太恐怖了！而且，大家為什麼沒反應啊？還是說就連抽屜在動他們也看不見？

見穆丞海瞪大眼，直盯著那些開開關關的抽屜，王希燦笑出聲，悠悠地吐出這句話：「丞海是第一次演薛導演的戲吧？難怪會這麼驚訝。」

對嘛，果然會驚訝才是正常反應。

等等，王希燦這麼說是什麼意思？他也看得到抽屜自己開開關關囉？那為什麼可以這麼冷靜啊？

「薛導演八字很輕呢，常會招來一些有的沒的。」王希燦演過很多部薛畢的戲，每次拍攝都會發生奇怪現象，薛畢的拍攝團隊和常合作的演員都對這種情況見怪不怪了。

「你是故意嚇我吧？」穆丞海彷彿置身於冰庫中，直希望有個人告訴他這一切都不是真的。

「你說呢？」王希燦漾開風情萬種的笑容，更詳細地解釋道，「薛導演的攝影棚裡，除了那些很明顯的移動物品外，仔細觀察，也可以從一些不起眼的地方發現很多怪異的現象喔！例如……你看那邊那面鏡子。」

穆丞海順著王希燦指的方向看去。

「鏡子前不是沒站人嗎？你再仔細看看鏡子裡面，照出來的那面牆壁上，是不是有一個人形的影子？」

穆丞海簡直要昏倒了，他確實看見了王希燦所說的人影。不只如此，他還看見一個剛才被他誤以為是工作人員的人站在鏡子前，正以身體不動，頭轉一百八十度向後的動作，來證明自己不是人類。

「還有啊，那邊的角落……」

「好了，可以不用繼續說了！」穆丞海舉雙手投降。

不講出來，他還可以裝作沒看見，但一一點明後，想不注意都難啊！而且一般人只能看到「奇怪現象」，或許會覺得沒這麼恐怖，但他可是能夠清楚看到那些「奇怪現象」是怎麼造成的，驚悚度絕對超級爆表啊！

穆丞海設法不去埋會那個照鏡子的鬼工作人員，以及還在開關抽屜的兩隻手，他將注意力落到他確定是人類的王希燦身上，但發現這樣好像也沒有比較好，他略帶害羞與困窘地問：「希燦，你要這樣攀著我到什麼時候？」

「攀到你習慣為止啊！」說著，還伸出手指，開始撓著穆丞海的胸口，「你現在對我的觸碰感到尷尬，等開拍後，不管你的演技再好，也一樣會不自在的，這樣可無法呈現出好畫面喔！想把戲演好，建議你多抓緊時間，和合作的演員培養好戲裡需要的感情，就像我現在做的一樣，戲裡面的女主角，可是愛著你所飾演的機器人呢！」

「蛤？有這回事？」王希燦演的女主角，不是愛著子奇演的萬封之的哥哥，也就是這部戲的第一男主角，最後還和他結婚嗎？難道他們兩個人拿到的劇本不同？還是他理解錯誤了？

「不過，與其說是愛，還不如說是想利用『明』來排解自己的寂寞罷了，不算真的愛。」

呼……還好只是這樣，跟他理解地沒有出入，穆丞海暗鬆口氣。

「真正打從心底愛著『明』的，是子奇演的萬封之喔。」

「蛤？」這又是什麼神展開？難道導演臨時加戲？編劇改劇本？為什麼他都不知道萬封之愛著『明』？子奇與他在家對戲時，也沒這樣說過啊！

「所以，回家後和子奇好好地培、養、感、情吧！」王希燦嘻笑。

各種崩潰讓穆丞海的頭痛了起來，他頓時覺得，想藉著這部電視劇來接近靳騰遠的計畫，是不是一個超級錯誤的決定啊！

「如何？這次選角的眼光不錯吧！」

挑高攝影棚上方的小房間裡，靳騰遠和薛畢隔著透明玻璃，向下俯瞰著穆丞海和王希燦的互動，薛畢顯然被他們逗得很樂，記者會上的臭臉消失不見，取而代之的是充滿魅力的笑容。

「真不知道你挑角色的標準是什麼。」

跟薛畢一樣，靳騰遠也不喜歡記者會那樣的場合，他不想出名，能減少曝光的機會就減少，但這不表示他不關心拍攝狀況，畢竟他是出資方，在商言商，總是要看到成效的。

只是他不想跟穆丞海打上照面，而選擇在上方觀看，沒到拍攝現場走動。

「當然是挑最適合該角色的演員。」

「所以，你的意思是，那角色不重要，也不需在意演員的演技好不好？」

靳騰遠指著樓下王希燦和穆丞海的方向。

「即使是微不足道的小角色，也都是用心塑造出來的，何況那角色可是這部劇中很重要的女主角，聽到你這番話，編劇會哭喔！」薛畢，也就是在歐陽家宴會那時和靳騰遠聊天的比爾，將手搭在靳騰遠肩上，靠著他的身體，一點也不畏懼對方是青海會會長，「王希燦演的角色，可是這部劇裡最需要演技的耶！」

「你知道我指的是誰。」王希燦是影帝，靳騰遠自然知道他的演戲實力，他的質疑是針對穆丞海，既然出了資，就不能只求回本，他要電視劇賣座。

「安啦！這我知道。」薛畢不否認自己有想玩的成分在裡面，但就算想玩，他也不會不知分寸，把自己導演的專業給玩掉，他指著穆丞海說，「這小子的演技是不怎麼純熟，也沒什麼演戲經驗，不過我不太在意演員的背景與經歷，只是覺得他的特質很適合演出『明』這個角色，所以便挑中他來演啦！就算你對他的能力存疑，也該信任身為導演的我啊！能夠和一個在你提出合作要求後，只花一個星期左右的時間就籌備好、然後開拍的導演，你還有什麼好抱怨挑剔的？」

薛畢說著，頗有邀功的意味，可惜靳騰遠不買帳。

「本性這麼長舌，或許該找個機會把你這一面公布出去，顛覆一下大眾對你的印象，順道替這部戲炒炒新聞。」

「何必呢，你也不想戲的品質下降吧？更何況，冷漠寡言是跟你學的耶，」這招真好用，沒幾個記者敢來問我蠢斃的問題。」不用做公關的導演，只要把心力放在導戲上頭就好，多省力。

「不過啊——」薛畢看著穆丞海，突然有感而發，「穆丞海和歐陽子奇這兩個小子的感情還真是好，聽說歐陽子奇當初可是不顧大家反對，硬是要和穆丞海組團，他們現在住在一起，不只工作，連生活也是同進同出。現在想想，歐陽集團辦的那場宴會，應該也是歐陽子奇為了穆丞海辦的吧，能為朋友做到這種地步，感情果然深厚。」

「不是說不在意演員的背景，瞭解這麼多做什麼？」

「當然是為了說給你聽啊！」薛畢賊笑，「不過，藍卓里，你真的相信那種需要血液封閉陰陽眼的說法？」

見靳騰遠沒有否認，薛畢知道他心裡果然是相信的。

「其實我從以前就很納悶，留學又在國外居住那麼一大段時間的你，怎麼會相信鬼魂、道士這種迷信的東西，甚至還請了天師去處理事情，真的是太不可思議了。」

靳騰遠知道薛畢是個無神論者，懶得在觀點上與他爭辯。

「還有啊，那小子跟道士都說你是他的血緣關係者，難道穆丞海是你跟伊琳娜的孩子？就算知道他是你兒子，你還是不願救他？」薛畢拋出這句話的同時，特地觀察了靳騰遠的反應。

靳騰遠沒有顯露太多感情，只是冷著聲說：「我沒有兒子。」

薛畢瞄了一眼站在他身後不遠處的特助，然後捱在靳騰遠的耳邊小聲嘆息：「你到底是不相信你的特助程浩？還是不相信我？」

靳騰遠沒有回答，擺明了不想多談。

「好吧，不管你對穆丞海到底是什麼想法，都等這部戲殺青之後再說，我會選他來演戲，可不是因為你的關係，在劇拍完之前，休想對我的演員動手。」見在靳騰遠這裡套不出什麼話來，薛畢只好摸摸鼻子，自討沒趣的結束話題，

「至於戲拍完後要對他幹嘛，隨你。」

「別把戲搞砸了。」

「知道啦！」

靳騰遠交代完，轉身離去，程浩也跟著離開。

當小房間內只剩薛畢後，他不禁嘀咕：「還真以為我不知道你會出資，就是衝著MAX那兩個小子來的嗎？就這麼放心我不會在徵選會上把他們兩個刷掉啊……」薛畢從櫥櫃裡拿出酒杯，替自己斟了杯紅酒，「幸好那兩個也算厲害，靠實力爭取到了角色。」

看著紅色液體汩汩流入透明的玻璃杯中，薛畢發出感嘆：「血緣真是個又奇妙又可怕的東西……」

聞著香甜的氣味，薛畢揚起笑，一口將酒仰盡。

「藍卓里啊藍卓里！雖然你極力隱瞞，但難道你真的沒發現，穆丞海的神韻，跟年輕時的你和伊琳娜很像嗎？我都看得出來了，韓綾又怎麼可能不發現？」

Chapter 6

高手交鋒

拍了一整天的戲，穆丞海拖著疲累的身體，和歐陽子奇一起回到家中，等進到屋裡後，穆丞海終於憋不住話，將包包往沙發上一甩，崩潰地把雙手搭在歐陽子奇的肩上。

「你……」欲言又止，「我……」

歐陽子奇挑眉，也不催他，好整以暇地等他繼續說下去。

「你為什麼會演戲啊？」棄婦般的眼神，怨懟的口氣，穆丞海總覺得自己遭到好友殘酷的背叛。

今天的劇是穆丞海和歐陽子奇在《復仇》裡的第一場對手戲，演了之後，穆丞海才知道子奇不只會演戲，而且還很厲害！當初演《靈偵探柯一男》時，他根本是故意留一手嘛！

還有，子奇那要命的完美主義性格，原來不是只在音樂製作上才出現，就連拍攝電視劇，也要求做到盡善盡美。每個鏡頭拍攝完後，子奇都會直接請薛畢播出來看，並且和他討論其中細節，稍有不滿意之處，就馬上重拍調整。

歐陽子奇對工作的認真對了薛畢胃口，卻苦了穆丞海，劇組持續頻繁鬧鬼中，他被嚇得無法專心，卻還得硬著頭皮與歐陽子奇對戲，成了另一項極為艱難的挑戰。

整天拍攝下來，他反而比歐陽子奇更像新手，時常在小地方出錯，不只身體疲累，精神也損耗得嚴重。

薛畢要求高，又沒什麼耐性，他可以為了讓鏡頭更完美而一再重拍，絲毫不覺得累，但演員只要說錯臺詞，或是演技不好，次數稍微多了，他就會毫不留情地破口大罵。

有這兩個魔鬼級的人物在劇組，穆丞海真的後悔接拍這部電視劇了！

「你整路半句話都沒說，就是在糾結這個？」想到剛才回家的路上，歐陽子奇駕著車，穆丞海坐在副駕駛座，難得的沒開口說半句話，樣子也不像是疲憊想休息，他還在猜是不是發生什麼事。

「這很說不過去耶！平常也沒看你在上什麼跟演戲有關的課程，為什麼演技可以這麼好啊？」穆丞海不平。

音樂製作跟唱歌完美也就算了，舞也跳得好，人又長得帥，家裡還非常有錢，現在竟然連演戲都可以如此厲害，太讓人嫉妒了，這是要叫其他人怎麼在演藝圈裡混下去啊！

「有些事是很講天分的。」嘴角微揚，歐陽子奇沒有半點要謙虛的意思。

可惡，這是在炫耀嗎？穆丞海哀怨極了！他可是上了一連串戲劇課程，還讓豔青姐抓著特訓，才稍微懂一點演戲技巧的。

殊不知，今天跟子奇一比，他根本就是菜鳥一隻，虧他之前還那麼擔心拉子奇來演戲會害他負擔太大，結果人家根本游刃有餘嘛！

「好啦，你也別太難過了。」被穆丞海如深宮怨婦的表情逗樂，歐陽子奇輕笑，好心幫他解惑，「演戲的知識或許上上課、看看書就能得到，但想演得好，卻要靠不斷練習及實際琢磨演技。」

這個道理穆丞海瞭解，也就是因為瞭解，才更納悶為什麼歐陽子奇可以演得這麼好，他明明就是整日泡在練唱室裡玩音樂的人！

「我演戲可以那麼自然，是因為我常練習。」

「有嗎？什麼時候？」莫非子奇瞞著他，偷偷跑去上演技訓練課程？

「從小，因為希燦的關係。」見穆丞海依舊滿臉疑惑，歐陽子奇乾脆為他解答到底，「我雖然在很小的時候就對音樂產生興趣，但只是覺得好玩，並沒想過要進演藝圈。可是希燦不同，或許是受到他爸爸的影響，他在還沒讀國小前，就已經確定要往戲劇界發展了。」

「太誇張了吧，這麼早就決定？」國小前，他還成天在育幼院裡流著鼻涕，跟同伴打打鬧鬧，王希燦竟然已經立定未來志向，長大後不只實現，還達到別人根本追不上的成就與境界。

歐陽子奇點頭，王希燦的毅力，他也同樣佩服，「希燦的演技是從小開始練習的，而身為父執輩世交的孩子中，唯一和他同性別且年齡相仿的我，理所當然地成為他練習演技時幫忙提詞的助手。看他演久了，我也學會一點技巧，而且希燦還常拉著我跟他演對手戲，不熟練都不行。」

在他們的童年中，除了被父母要求學習一大堆才藝外，最常玩的遊戲就是角色扮演，只是和別的小孩不同，他們的角色扮演不是辦家家酒，而是絕對能夠搬得上檯面的演技練習。

「幾乎你能想得到的角色，希燦都曾經嘗試揣摩過了。」

「難怪他演起女生來也可以那麼像。」想到王希燦演戲時整個人的入迷程度，穆丞海忍不住問，「子奇，你覺得會不會有一天，王希燦精神分裂或是入戲太深，演殺人魔，結果真的跑去殺人啊？」

「希燦確實常常會有無法立刻下戲的狀況，不過他的性格沉穩，自制能力也比一般人強多了，雖然有時會表現出某種程度上的惡劣，但也僅限於演戲時，他不會真的瘋狂到現實和戲劇分不清楚。」

「那就好。」這幾天看著王希燦演戲，穆丞海還真的有點擔心他太入戲，哪天會做出違法的事。

「所以，如果今天跟我這樣對戲，就讓你感到有壓力，之後你可能會更加辛苦。」

「啊？」子奇這麼說是什麼意思？穆丞海突然覺得毛骨悚然。

「趕快去休息，養足精神和體力吧！明天的戲除了我們兩個外，還有希燦加入，絕對會比今天更刺激。」

拍拍穆丞海的肩膀，歐陽子奇吹著口哨，心情大好地回房間了。留下穆丞海一個人在客廳，滿臉擔憂地盤算著，為了避免自己在片場被折磨死，是不是乾脆拜託豔青姐附他的身，將整部戲演完算了……

如果要說拍戲時有什麼戲分是最輕鬆的，大概就屬死人或是睡著的人吧！穆丞海今天雖然不是演出上述兩者，但也相差不遠了。

實驗室裡，一張鋪著白巾的大床上，穆丞海的雙眸半掩，全身赤裸躺在上頭，只在下半身蓋著一塊薄毯。

這一幕，是歐陽子奇飾演的萬封之剛把機器人『明』給製造出來，請王希燦演的未來嫂嫂來看，向她炫耀自己的能力比哥哥強，並且揭開復仇序曲。

等到燈光、攝影師，所有工作人員和演員都就定位後，薛畢坐在導演椅上，指示開拍，眼睛不斷在場內與小螢幕上來回，確認鏡頭都有拍攝到他想要的每個細節。

拍攝開始，歐陽子奇的頭髮蓬亂，襯衫皺得像鹹菜乾，兩眼卻炯炯有神，他帶著打扮的妖豔動人的王希燦走入自己的私人實驗室。

第一句臺詞是從王希燦開始，他看到萬封之的實驗室規模，語氣誇張地讚嘆一番，然後是歐陽子奇用著驕傲的口吻，向嫂嫂炫耀自己製作出來的機器人有多厲害。

這場戲中，穆丞海的臺詞不多，只有在這一幕結束前，當萬封之替他開機，測試機器人是否正常時，有兩句回話而已。也就是說，大部分時間他只要躺著，靜靜地聽王希燦和歐陽子奇對話就好。

前一晚，穆丞海聽到歐陽子奇提起他和王希燦從小就拿對戲當娛樂的事，整晚都在好奇這兩個人一起演戲時會是什麼樣的狀況，今天的戲剛好能讓他將全副注意力放在兩人的演技上。

一開始，他們的對話很正常，是按照劇本上頭寫的一些閒話家常的內容，歐陽子奇認為自己做出來的「明」是最頂尖的，就算被家族視為天才的哥哥所做出來的機器人也沒半個比得上「明」，他覺得自己甚至超越了發明家爺爺的成就，王希燦表面上雖是讚揚歐陽子奇的表現，但按照劇情設定，這個未來嫂嫂的心裡卻不是這樣想的。

他們的對話自然，如行雲流水，有些再普通不過的詞句，經過他們的語調表達，卻形成一股莫名魅力，緊緊吸引住觀眾的注意力，直想知道他們接下來會說些什麼對話，劇情又會如何發展。

穆丞海算是見識到了，原來表演也有這種方式，沒有誇張的動作，不必大吼大叫，也能強調出其中情感。

只是，他聽著兩個人的對話，越聽越覺得不妙。

穆丞海在背劇本時，不只會背自己的部分，為了拍攝時能更投入於劇情之中，他會連其他人的臺詞也一併記下。

現在歐陽子奇和王希燦兩人的狀況就是——王希燦突然拋給歐陽子奇一句自創臺詞，歐陽子奇則也立即回敬給他一句自創臺詞，然後開啟了他們自己完全不按劇本演出的對話。

雖然總體來說，跟劇本走向是一致的，但自創台詞的話，就完全無法預測對方會說什麼，一旦猶豫，就會ＮＧ。他們在聽到對話的當下就要馬上做出回應，還必須符合角色性格與劇情，這種表演方式雖然精采，但難度也太高了吧！

這種方式，或許有些資深演員也能辦得到，但至少對穆丞海來說，他們的能力簡直是讓他望塵莫及。

歐陽子奇和王希燦就像是在自個兒家裡閒話家常，要不說破，別人一定以為這每字每句都是先背起來，並且對過好幾次稿的。

王希燦心情很好，其實，自從歐陽子奇踏進演藝圈後，他們就很少這樣玩了，但從小就一起練習演戲，歐陽子奇很習慣這樣跟王希燦一搭一唱，順著他的話讓劇情推展下去。

薛畢完全沒有喊卡的打算，就這麼讓兩人自由發揮。

而且，因為他們的自創臺詞都是融入角色後說出來的，比劇本寫得更加生動，也更能突顯出角色性格。

穆丞海聽得津津有味，被他們的對話和互動深深吸引，很想知道他們接下來會說什麼，聽著聽著，竟然完全忘了自己也是戲中的角色。

直到一隻手突然摸上他，他才意識到自己正躺在床上。

「做的很逼真呢！」王希燦說著，伸手不安分地撫過穆丞海裸露的上半身。因為反串女生的關係，王希燦的手上貼著彩繪指甲，他用指甲尖端輕輕刮搔著穆丞海的肌膚，力道拿捏得很好，介於癢與痛之間，卻比單純的癢或痛更讓人難以忍受。

穆丞海心中頓時出現許多ＯＯＸＸ的髒話，王希燦擺明是不想看他演得太輕鬆，故意針對他的嘛！劇本明明寫著「王希燦雙手抱在胸前，打量著躺在床上的人工智慧機器人」，為什麼擅自改成摸他的身體啊！

王希燦這樣改變，反而能突顯角色性感又妖魅的特質，因此薛畢雖然也知道被摸的穆丞海應該忍得很辛苦，卻沒有喊卡，反倒忍著笑觀看，等於默許他的行為。

穆丞海很想掙扎，但他現階段可是一個「未開機」的機器人，要是忍不住閃躲，一定會被薛畢喊卡，然後被一路從攝影棚裡罵到外太空去，因此只能一直強忍著，設法把思緒放空，不去注意那隻不斷在他身上遊移的手。

看穆丞海這麼有骨氣地接下他的惡劣挑戰，沒有起身向導演抗議，王希燦的眼睛亮了起來。

演戲時，王希燦其實也很少這樣玩的，放眼整個戲劇界，雖然不乏實力派演員可以跟得上他的即興演出，但畢竟一般人都不喜歡遇到在戲中擅自更改臺詞、增添變數的情況發生，所以今天能跟歐陽子奇這樣對戲，也激發了他心中沉澱已久的激情，甚至開始放得更大膽去玩，秉著獨樂樂不如眾樂樂的友好，穆丞海也被拖下水。

王希燦的手繼續逗著穆丞海，故意往一些肌膚可能比較敏感的部位移動，他已經很久沒有這種希望這一幕演久一點的渴望，好像這並不是一齣戲，而是真實人生，可以繼續下去，永遠不要結束。

就在穆丞海快要忍不住時，終於有人跳出來救他了。

「明是我的機器人，別亂碰他。」歐陽子奇出手拍掉王希燦的手。

子奇，謝謝你！穆丞海在心中吶喊，感動得差點飆淚。

「抱歉，我只是看到這個機器人做得太精緻，像真人一樣，忍不住就想摸摸看他的肌膚質感。」

是忍不住想惡整他，看他出糗吧！穆丞海腹誹著，正當他要放心下來時，突然覺得腰際傳來一陣搔癢。

奇怪，王希燦的手明明已經離開他的身體，為什麼還會覺得癢啊？難道這是所謂的「觸覺」暫留？

穆丞海不著痕跡的將眼神調低，看向腰際的癢處，接著他無言了。

他所飾演的機器人「明」，為了營造出和正常人類不同的肌膚質感，全身上了一層薄薄的粉，將人類肌膚會有的自然紅潤蓋過，呈現一片均勻的白皙。

剛剛被王希燦一鬧，他雖辛苦忍耐不動，身上其實出了一層淡淡的薄汗，再被王希燦的手指劃來劃去，有幾處的粉就這麼被弄掉了。

而現在，一位身體呈現「半透明」的工作人員，正辛苦地躲在攝影機照不到的床的另一側，拿著粉撲跟小刷子幫他塗粉。

喂！這位大哥，也用不著這麼「敬業」，非得在拍攝中幫忙補妝吧！

而且，既然導演薛畢都沒喊卡了，那表示掉粉在鏡頭前其實並不明顯，你這樣刷，比起王希燦的指甲，更讓人難以忍受啊！

穆丞海在心中崩潰吶喊，這下慘了，子奇和希燦已經離開床邊，走到另一個定點進行對話，他們的角度，根本不可能看到那把正在刷著他身體的刷子，而且攝影機持續拍攝中，他還在鏡頭內，也不可能動手將那工作人員揮開。

難道剛剛辛苦忍耐那麼久，現在卻要功虧一簣，被喊NG了嗎？

「卡！」薛畢突然大喊，導致穆丞海心頭一驚。

咦？他還沒亂動啊？難道連心裡想著要動，也會被發現嗎？

只見薛畢氣急敗壞朝他走來，拿起放在床邊的粉撲和刷子大喊，「小陳呢？跑哪去了？叫他過來！」

原來是攝影機移動到床的這一側，讓薛畢在鏡頭裡發現化妝器具，以為化妝師小陳粗心，將工具遺留在拍攝場景中。

小陳慌慌張張跑過來，看到那些留在床上的東西時，臉色都白了，「怎麼可能？我明明……」

副導此時也鐵青著臉走過來。

「做錯事還想辯解？」對薛畢來說，是「事實擺在眼前」，小陳說再多，也只是辯解。

因此小陳縱使心裡覺得委屈，卻還是低頭認錯，「對不起……」

「下次多注意一點。」薛畢走回導演座位，他不想浪費時間刁難工作人員，既然已經知道做錯，改進就好，便回到座位上開始確認哪些鏡頭能用，哪些鏡頭必須剪掉重拍，並指示攝影機和其他人員準備繼續工作。

「別往心裡去，拍攝期間就忍著點，只是常有的無妄之災罷了。」小陳和副導還留在床邊，邊收拾著器具，副導邊勸著他，穆丞海聽到副導這麼跟小陳說，並且拍拍他的肩表示安慰。

在薛畢發現化妝器具前，副導其實已經早一步在鏡頭上發現了，只是他看見的畫面是刷子和粉撲騰空而動，因此明白又是薛畢拍攝現場的鬧鬼事件，並不是小陳粗心忘記將東西帶走。

當時他也叫薛畢趕快看，但等到薛畢轉移視線焦點時，那些化妝器具已經變成停止不動，被放在穆丞海躺著的床邊，結果就變成小陳的錯了。

「原來是這樣啊，那就沒辦法了。副導，謝謝你，我釋懷多了。」小陳瞬間就聽明白副導的話，無奈的嘆了口氣，聳聳肩，很快地就不以為意。

沒辦法，薛畢的片場鬧鬼是家常便飯，鬧到所有的工作人員和合作的演員都看過靈異現象。偏偏薛畢本人篤信科學，就是不相信有鬼。桌巾飛起來可以說是風吹的，東西倒了可以賴到輕微地震上，就連抽屜突然打開，也能說是道具年久失修。

如果哪天有一隻鬼在大家面前顯形，薛畢肯定會大喊「那只是等離子」或者說是因為拍攝太累，大家產生集體幻覺。

看著四周的「熱鬧畫面」，穆丞海咋舌。

來看拍戲湊熱鬧的、想來軋一腳演戲的、還有根據鬼魂的現身說法，自己生前是薛畢劇組的工作人員，因為太崇拜薛畢了，死後還來繼續幫忙的，整個片場可以說是集眾家鬼魂之大成。

薛畢本人不以為意，卻苦了一路跟著他的製作團隊，以及像他這樣，有陰陽眼、看得見鬼魂的演員啊！

《復仇第二部：Robert篇》已經拍了快一個月，這段期間，穆丞海幾乎每天都有戲份，就算是少數休息的那幾天，也有發歐陽子奇的戲，但他們這樣輪流等待，卻都沒有如計畫預料的那般，在片場遇過靳騰遠。

也就是說，截至目前為止，他們想要拿到靳騰遠血液的目的沒達到，結果又費了心力，在原本的演藝規畫之外，多拍了一部電視劇。

這日，趁著兩幕戲之間的空檔，穆丞海留在休息室內複習臺詞，他的旁邊則坐著一個小牌演員，只是這個演員並非活人。

那位小牌演員在世時，心裡就非常渴望靠著演戲在演藝圈裡闖出名堂，但直到去世時，都還只是個默默無聞的小角色。他覺得是自己演技不好，才會沒有成就，因此每當穆丞海念了一句臺詞，小牌演員就跟著複誦一遍，說是要向他學習，以增進演技。

穆丞海座位的另一邊，則是一名自願幫他跑腿的助理二號，這個助理和小牌演員一樣，也是個鬼，他的手中端著一杯熱騰騰的茶，時不時就詢問穆丞海渴不渴？會不會累？需不需要他幫忙按摩，完全就把穆丞海當作大牌明星侍奉。

穆丞海是有點口渴，但是鬼倒的茶他可不敢喝。

至於助理一號呢（依舊是隻鬼），則是盡責地擋在休息室門外，阻止那些想要闖進來跟穆丞海要簽名的鬼魂。

據說那些鬼魂都是在片場看過穆丞海演戲，被他飾演的機器人「明」給深深迷住，是最近才剛成立的粉絲後援會成員。

穆丞海不禁額上三條線，原來他還沒紅到全世界，卻先紅到靈異界去了嗎？

叩、叩——

敲門聲突然響起，讓哀嘆到眼淚都快垂滴下來的穆丞海嚇了一跳，同時心裡又很安慰終於有活人出現，不再只是被一群鬼魂包圍，縱使那些鬼魂並無惡意，還是令他頗不自在。

一位工作人員開門走進來通報，「小海哥，有人找你。」

咦？這個時間竟然有人來找他？是來探班的嗎？不知道是誰……

工作人員身後，一位長相非常漂亮的女人跟著走進，她穿著合身旗袍，高根鞋的細根在地板上敲出清脆的節奏。

工作人員沒有多做停留，馬上退了出去，並且將門帶上，休息室內頓時只剩那名女子和穆丞海兩個人。

「我是靳騰遠的妻子，韓綾。」

「妳好。」穆丞海心裡升起警戒，靳騰遠的妻子為何特地來找他？看這樣子也不像是以資方的身分來拜訪演員，所謂無事不登三寶殿，莫非是他們要靳騰遠血液的事情惹怒了對方，所以這位「大哥的女人」才來登門警告？

穆丞海記得開拍記者會上，這個叫做韓綾的女人也有出現，當時她也是穿著旗袍，看來是位對旗袍有著極度愛好的人。

韓綾的年紀看起來比豔青姐小一些，容貌卻比她更成熟古典，那種冷絕冰清的態度，跟靳騰遠給人的感覺還真像。

但穆丞海覺得，靳騰遠雖然冷，卻冷得還有一點人性在，韓綾卻是那種心狠手辣類型的，而她也不刻意隱藏自己的殺氣，「冰山美人」或是「蛇蠍美人」這樣的詞，應該就是拿來形容這種女人的吧。

穆丞海將手伸出去，打算與韓綾握手，但是韓綾連理都沒理他，就這樣讓穆丞海的手晾在那，停了幾秒之後，穆丞海感覺很乾尬，只好把手收回來，摸摸鼻子自討沒趣。

「不知道會長夫人來找我有什麼事？」穆丞海直覺對方絕對不是來跟他話家常的。

「你跟靳騰遠很熟？」果然，韓綾直接跳過客套寒暄，劈頭就問，語氣簡直就像是在審問犯人。

「靳騰遠？」果然是為了靳騰遠而來的「我跟靳先生曾經見過面，稍微有交談過，不算熟。」

「在哪裡見過？」

穆丞海原本想回答的是在歐陽子奇家的慈善宴會上，但那次他偽裝成服務生，靳騰遠不知道有沒有跟韓綾提過，萬一沒有，說出來讓韓綾知道可不妥，於是改口：「在育幼院門口。」

「我知道你是孤兒。」韓綾用的是肯定句，可見她在來找穆丞海之前，已經調查過他的背景了。但穆丞海納悶的是，韓綾為何要調查他？「你跟靳騰遠為何會在育幼院見面？靳騰遠去找你的用意是什麼？」

「靳先生不是特地去找我的，他好像是要去捐款吧，我們剛好碰上，就稍微聊了幾句。」

穆丞海含混帶過，但韓綾卻不打算輕易放過他，繼續追問：「聊了些什麼？」

韓綾的說話方式讓穆丞海不太舒服，在對方心裡，完全沒有尊重自己的意思，她來找他，既不是關心電視劇的拍攝狀況，也不是責怪他們要取靳騰遠的血液，反而問的是他與靳騰遠的談話內容，太奇怪了。

「就聊了些感謝的話，我代替育幼院謝謝靳先生的善心，我跟他說，以後如果還有機會，也歡迎靳先生繼續捐款。」穆丞海胡謅著。

「就這樣？」韓綾似乎不太相信，明目張膽地打量起他。

對方雖然是靳騰遠的妻子，但穆丞海自認沒有義務要受到對方這樣的質疑，這種不愉快的氣氛，讓他片刻都不想再與她對談下去，於是故意擺出詐騙人士的嘴臉，對著韓綾說：「是的，就只有這樣，靳先生好像很忙，捐款完就離開了。」

夫人今天來，也是想要捐款幫助我們育幼院嗎？如果是的話，我先代替育幼院的小朋友謝謝妳囉！夫人可以直接開一張捐款支票給我，我一定會替你轉交給育幼院院長的。」

這種拚命勸人捐錢，詐騙愛心的態度，果然讓韓綾露出厭惡表情。

「你跟靳騰遠談話的內容，最好真的是如你所說的那樣，否則……」

穆丞海猜測韓綾是想說些狠話來威脅他，但她突然機靈的將話語打住。

門外有腳步聲接近，一名全身穿著黑西裝的壯碩男子輕敲了兩聲門後走了進來，他附在韓綾耳邊小聲報告：「夫人，會長打電話找您，要您馬上回電。」

「盯得很緊嘛！」韓綾冷哼了聲，她抬眸，冰冷的目光掃了穆丞海一眼，便和穿著西裝的男子一同離去。

「小海哥，你還好嗎？那女的好兇啊。」

韓綾離開後，助理一號、助理二號，還有那個小牌演員全冒出來圍繞著他，關心他的狀況，穆丞海沒好氣地瞪著他們。

「你們不是很崇拜我嗎？怎麼需要你們助陣的時候，全跑得不見鬼影？」

就連門外那群後援會成員，也在韓綾出現時，散得一乾二淨。

「小海哥你有所不知啊，那個女的很可怕的，渾身帶著道士加持過的東西，走在路上就像背著一堆劍，不趕快閃，被劍氣劃到的話，會元氣大傷的。」助理一號說完，其他兩隻鬼也跟著點頭如搗蒜。

「我身上也有帶著道士加持過的東西，怎麼就不見你們避著我？」穆丞海說著，從衣領裡頭掏出他隨身配戴的項鍊。

這條項鍊是打他嬰兒時期被放在育幼院門口時，就一直陪著他到現在的，也是唯一連結他身世真相的物品，上回在拜桑歌劇院斷過，唐樂初幫他換了一條新的帶子。後來，殷大師來家中發現林豔青，不贊同穆丞海與鬼魂走得太近，還要鬼魂幫忙驅鬼，於是替他將項鍊加持，避免他再無端受到鬼魂騷擾。

「不一樣啊，小海哥的這條項鍊，力量是溫潤的，幫項鍊加持的道士法力很強大，讓小海哥只要戴著項鍊，就可不被鬼魂附身，但這項鍊是不會傷到接近小海哥的鬼魂的。」也就是因為這樣，他們這群鬼才會放心巴在穆丞海身邊，開啟腦粉模式。

「那女人帶的東西就不同了，幫她加持的道士可沒那麼好心，那股法力很邪惡，別說想傷害她的鬼魂碰到會直接魂飛魄散，就連沒有惡意的鬼魂不小心接近，也會受到無差別攻擊。」助理二號討饒的望著穆丞海，「我們是真心愛戴你的，但情況特殊嘛！小海哥，你就別怪我們了嘛！」

穆丞海點頭，他也不是真的要責怪他們不講義氣，倒是聽完他們的話，讓他發現一些端倪，「你們的意思是指，幫我的項鍊，還有韓綾的東西加持的道士，是不同人？」

三隻鬼同時點頭，「法力的感覺是不同的，絕對來自不同道士。」

這就奇怪了，殷大師曾說斬騰遠是他的固定客戶，莫非是因為黑道的情況特殊，需要請好幾位道士來辦事，他們才會放心？

……不管啦，斬騰遠要請多少道士又關他什麼事，他還是先擔心自己的問題該如何解決吧。

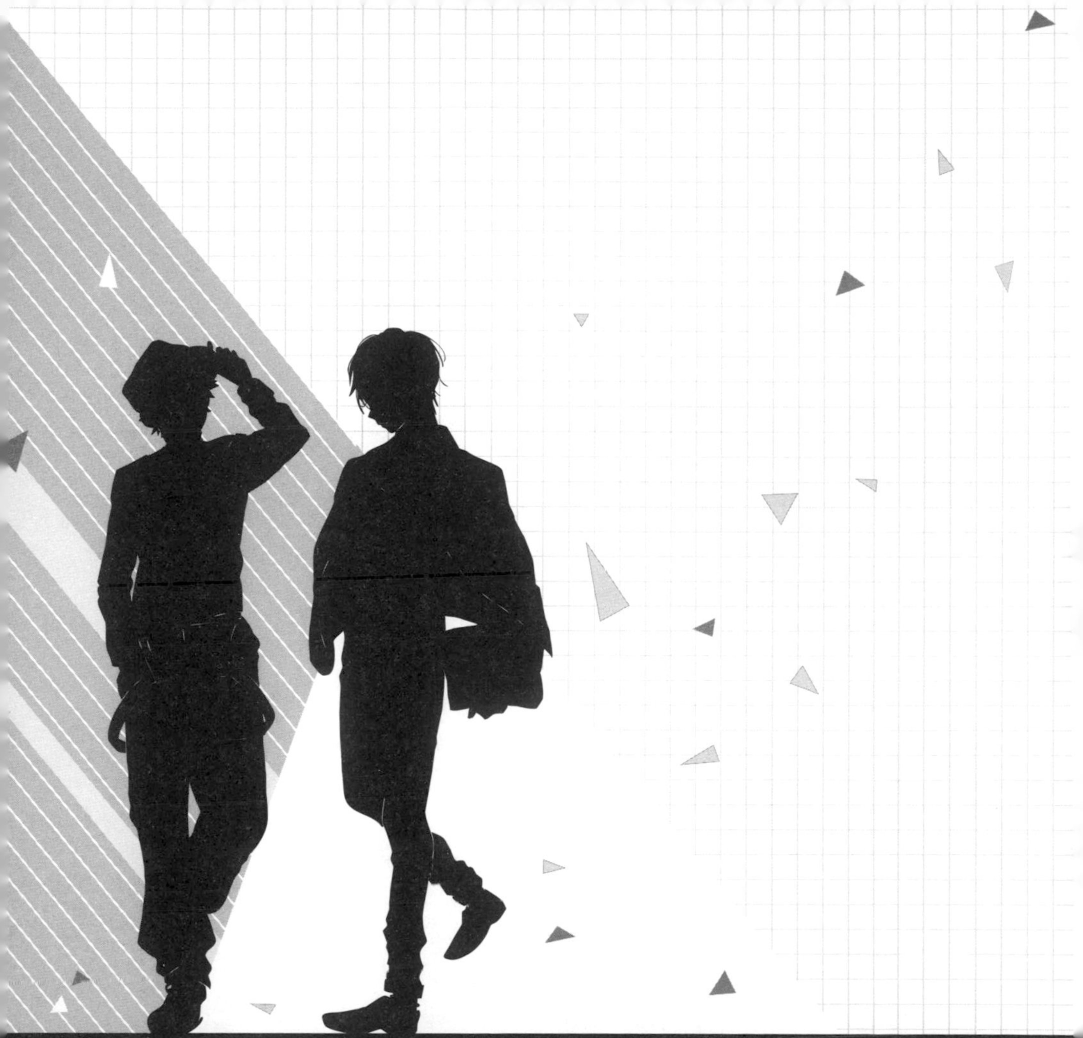

Chapter 7

招來殺機的記者會

「OK！」

薛畢清脆響亮的兩下擊掌，宣告《復仇第二部：Robert篇》殺青，攝影棚內隨即響起熱烈掌聲，為自己能撐到整部劇拍完，而且沒出事慶幸著，也為一部曠世鉅作的誕生而欣喜。

按照慣例，殺青後免不了要辦慶功宴，大家吃喝玩樂一番，以慰勞這陣子的辛苦。薛畢不喜歡拖事，連慶功宴的舉辦也是，於是眾人隨意找了一間可以容納得下這麼多人的餐廳，收拾完後直接過去。

薛畢是個很厲害的導演，在他的帶領下，穆丞海雖然一開始是抱著不單純的目的接下這檔戲，最後卻也不知不覺地認真投入拍攝，甚至期待看到剪輯完的成果，希望當觀眾看到播出時，可以給予好評。

有著慶功宴的吸引，收工速度變得異常迅速，準備晚上喝個不醉不歸。穆丞海和已經混得很熟的工作人員甚至互相嗆聲要拚拚酒量，只是開心歸開心，他的心裡或多或少還是對於殺青感到一股失落。

畢竟，他原本接戲的目的是要取得靳騰遠的血液，這個目標還沒達成啊！

拍《復仇》的這段時間，除了韓綾來片場找過他，問了一堆莫名其妙的問題外，靳騰遠本人根本沒出現過，穆丞海抱著最後一絲期待，跑去向薛畢打聽靳騰遠會不會出席慶功宴，得到的答案也是否定。

到底還有什麼方法可以取得靳騰遠的血液？

穆丞海就這樣抱著又開心又失落的心情，和歐陽子奇來到片場門口，準備搭車前往舉辦慶功宴的餐廳。

此刻已近傍晚，天色微暗，有位穿著純白色唐裝的老者站在門口附近，那畫面看起來格外詭異。幾個先動身出發的工作人員經過老者身邊，覺得好奇，多看了他幾眼。老者不為所動，神色淡定地等著。

直到穆丞海跟歐陽子奇出現時，他才有所動作，往他們走去。

「殷大師，你怎麼來了？」歐陽子奇和穆丞海看見那名老者，默契地覺得有事發生了。

「來找你們一起吃飯。」

「好，殷大師，我們走吧，有想去的餐廳嗎？」歐陽子奇毫不猶豫，在慶功宴以及殷大師的這兩場飯局中，馬上決定捨棄前者。

雖然殷大師沒有表現出焦急或擔憂的神色，但他的出現，本就很不尋常，歐陽子奇猜想或許是解決陰陽眼的事情生變，不管如何，鐵定不會是什麼好事。

「子奇，可是我們不去慶功宴，薛導會發火吧？他殺青前就已經放話誰敢不到就試試看的。」

「交給我處理，我去跟導演說說。」看見薛畢正好走出片場，歐陽子奇拍拍穆丞海的肩要他放心，就往薛畢的方向走去。

不知道歐陽子奇說了什麼，只見薛畢看了穆丞海他們的方向一眼，臉色不是很高興，尤其是在看到殷大師時，明顯地皺了一下眉，不過他還是答應讓他們缺席，自己跟著其他工作人員離開了。

殷大師看見薛畢，突然露出笑容，意有所指地問：「你們拍戲的過程，有發生什麼事嗎？」

「發生好多事啊！」穆丞海一張臉垮了下來，「殷大師，你都不知道，片場一直鬧鬼耶！」

「那個導演的氣場，會鬧鬼很正常，不過他的命格很特殊，就算鬧鬼，也不會鬧出什麼危害到人命的大事。」

也是啦！回想這段時間，那些鬼魂鬧歸鬧，卻也都是些無傷大雅的捉弄。

不過，穆丞海還是覺得，有時候，光是視覺上的驚嚇所帶來的精神壓迫，比真的弄傷人還可怕，能不見最好。

三人找了家離片場最近的咖啡館，隨意點了些東西，便開始討論正事。

「我今天會來，是要告訴你們一件重要的事。」

「跟我的陰陽眼有關？」

殷大師點頭，「之前我曾說過，丞海的陰陽眼如果不封閉的話，會導致他有生命危險，但具體是什麼危險，當時的我並不清楚。」

「現在知道了嗎？」穆丞海焦急。

知道是什麼危險，找到方法提早預防，是否就不用那麼辛苦去拿靳騰遠的血液了？

不過，殷大師卻給了個讓人失望的答案，他搖搖頭，「現在依舊不清楚是什麼危險，但是我已經明確算出來，丞海的大限近了，如果陰陽眼再不關閉，不出一個月的時間，定有劫難發生。」

什麼？只剩一個月的時間了嗎？穆丞海的臉色隱隱發白，歐陽子奇亦變得凝重。

他們花了幾個月的時間拍戲，想要在片場堵靳騰遠的人，這期間歐陽子奇也打過幾次電話到青海會，用盡各種理由，不管是直接表明身分，還是透過他人聯繫，就是被靳騰遠賞了閉門羹。

轉眼間，他們只剩一個月的時間解決這件事了嗎？

「殷大師，靳騰遠最近是否還有跟你聯繫？」

殷大師搖頭，靳騰遠防得嚴密，連他也無法接觸到本人。

「那不就慘了！電視劇現在也拍完了。」開拍記者會靳騰遠沒去，試映會應該也不用期待靳騰遠會出現了，「要見青海會的會長，有沒有這麼難啊！」

氣氛頓時陷入一片愁雲慘霧中，殷大師的預言向來神準，現在他說剩一個月，穆丞海和歐陽子奇絕對不會懷疑其可信度，也就是說，這一個月內，穆丞海鐵定會出事。

「子奇，我想，乾脆豁出去吧！」額頭抵著桌面，穆丞海全身無力，像顆洩了氣的皮球，但慘歸慘，好歹也還有張皮在，就讓他放手一搏吧。

「你有什麼想法？」

「我們用了這麼多方式想接近靳騰遠，最後都沒成功，我在想，不如直接召開記者會，跟大家宣布我和靳騰遠是父子，逼他一定得出來面對，你覺得這個方法如何？」

歐陽子奇垂眸凝視穆丞海，心裡不忍，之前他也想過這個做法的可行性，不過，他之所以一直沒提的原因，是因為召開記者會，等於是要海主動把自己的私事攤開在陽光下，讓大家審視，那絕不會是個愉快的過程。

而且，要想成功逼出靳騰遠，還有另一個關鍵的部分得克服——

「就算要召開記者會，也要有明確的證據，證明你和靳騰遠是父子，才有可能引起騷動，讓記者有興趣去追問靳騰遠，否則，大家也只會當成八卦新聞，聽聽就算了。」

「我知道，所以這個方式需要你幫忙，做一件稍微犯法的事……」

歐陽子奇從穆丞海的眼神裡看到他豁出去的堅定，還有期待他能幫自己，卻又怕害到他的為難。

半晌，歐陽子奇嘆了口氣，「你是要我去弄一張捏造的DNA檢驗報告，證明你和靳騰遠是父子對吧？」他不怕為穆丞海犯這個罪，但只要拿到報告，穆丞海勢必會去召開記者會，而召開記者會，是最下下策。

「賓果！」穆丞海舉起雙臂歡呼，「子奇，你真的跟殷大師一樣神耶！這樣也猜得到我在想什麼。」

「並不難猜。」歐陽子奇閉眸，對自己的無能感到痛苦，他一點也不想把穆丞海往火線上推，但他還能怎麼辦呢？一個月，有限的時間，是如此殘酷，

「我會盡力。」

他只能答應。

幾天後，歐陽子奇順利拿到偽造的ＤＮＡ檢驗報告。

「很緊張嗎？」MAX的專屬休息室裡，歐陽子奇遞給穆丞海一瓶水，神色比等一下要召開記者會的對方還擔憂。

「嗯。」穆丞海也不隱瞞，老實地點點頭，「外頭來了多少媒體？」

「你想得到的都來了。」

寰圖娛樂企業大樓的一樓大廳，布置成記者會的會場，雖然官方事先並沒有告訴大家召開記者會的目的是什麼，但大批媒體還是衝著MAX的名氣蜂擁而至，將大廳擠得水洩不通。

其實穆丞海本來是不想把公司扯進來的，因為誰都說不準事情曝光後，會引發什麼後續，萬一是往壞的方向發展，害公司被他連累，影響到其他藝人的工作，他會過意不去的。

但是當他跟小楊哥及何董報備時，何董一聽到他是靳騰遠的兒子，還連證明關係的ＤＮＡ報告都有了，就像中了樂透頭獎一樣高興，全力支持他召開記者會，還說穆丞海鐵定是上輩子燒了好香，這世才能當個現成的大少爺。

穆丞海聽了只能苦笑，這其中的煎熬，只有他這個急需拿血液來救命的當事人才能體會。

拿著檢驗報告的手忍不住顫抖，穆丞海不知道歐陽子奇是用了什麼方式才弄到這份報告，但上頭蓋了歐陽家開設的聖心醫院檢驗章，萬一被發現是偽造，恐怕要連聖心醫院的名譽都會賠進去，穆丞海知道子奇為他冒了很大的險，這份報告對他來說格外有意義。

仔細想想，整件事真是令人悲嘆，明明他和靳騰遠就是血緣關係者，卻還要用捏造的檢驗報告來證明彼此的關係……果然，他是個不被期待出世的小孩吧，才會在將他生出來後，就丟在育幼院門口，任他自生自滅。

「子奇，我還不能死，MAX還沒在全世界大紅大紫，我還沒交到女朋友，還有太多事沒完成……所以，我不能在這裡倒下，我一定要拿到靳騰遠的血液！」

接下來的記者會，是他人生中最重要的一場戲，只准成功不准失敗。

要是失敗，就真的是要跟世界說再見了。

「時間差不多了，我們走吧。」歐陽子奇把手搭在穆丞海的肩上，眼神認真的看著他，「待會兒的記者會上，不管發生什麼事情，你只要牢牢記住一點，我隨時都會在你旁邊支援你，其他的，就照你的想法，盡力做吧！」

記者會開始了，穆丞海坐在臺上，面前架著數十支麥克風，歐陽子奇就坐在他的旁邊，陪他一起面對底下的媒體記者。

穆丞海沒有心情吊大家胃口，先說些開場白或是寒暄幾句來暖場，他現下只想趕快把要說的話說完，結束這場記者會，然後等靳騰遠的回應。

因此，他對著那一大群麥克風，直接說道：「大家都知道，我是一個孤兒，從小就在育幼院長大……」

接到寰圖娛樂發的通知時，各家媒體都在猜測，到底MAX是因為什麼事需要召開記者會。

現場這個氣氛，不太像是要發表新作，但也不排除可能是故意裝神祕搞噱頭，利用他們來做免費宣傳。因此，雖然有好幾輛ＳＮＧ車出動，也做好了隨時可以Live的準備，但記者會開場時並沒有任何一家電視臺或網路媒體轉播。

可是，當穆丞海提到自己的身世後，新聞嗅覺較敏銳一點的，馬上猜到會有大消息出現，立刻緊急插播，將畫面連線到記者會現場。

就算沒事先做好直播準備的電視臺，也趕緊以跑馬燈的方式，將現場的狀況提供給觀眾知道。

整個國家，現在都在關注著這場記者會。

「我找到自己的親生父親了。」穆丞海看著底下的記者群，突然覺得那是一群被血腥味道吸引而來的鯊魚，他們不滿足，渴望獲得更多鮮血，而他就是那個灑血吸引他們前來的人——用他自己的血液。

「我的親生父親，就是青海會的會長，靳騰遠。」

現場一片譁然，青海會的來頭是什麼，記者們絕對清楚。

一個曾經是黑道的青海會，竟然和當紅歌手扯在一起，如果他們真的親生父子，絕對會是本年度最勁爆的消息。

「有什麼證據證明這是真的嗎？」某臺記者發問。

「有的，這一張，是我和靳騰遠的親子檢定報告……」

記者會後，各大媒體因為穆丞遠身世揭露的消息整個動員起來，開始製作專題報導。

不過，或許是礙於青海會的勢力，有許多人打電話來寰圖娛樂詢問細節，甚至想專訪穆丞海，卻完全沒有人敢親自到青海會去訪問靳騰遠。

靳騰遠的反應則和他們原本預期的不同，依舊沒有主動來與穆丞海接觸，既沒有派人來警告、抗議，也沒有表態要與他相認，情況就和記者會前一樣，始終不見靳騰遠人影。

眼看一個月已經過了一半，時間越來越緊迫，穆丞海和歐陽子奇商量後，決定再冒個險，利用輿論的力量，去逼靳騰遠出面。

於是，他們給了當紅主持人胡芹一段獨家訪問，穆丞海準備在鏡頭前扮演一個想要與父親相認的可憐兒子。

與胡芹的訪談過程十分順利，穆丞海也成功營造出渴望父愛，期盼終有一日能與父親團聚的形象。

訪談結束後，胡芹卻突然避開眾人，將穆丞海拉到角落，如此問道：「小海，你真的對不能和靳騰遠相認感到難過嗎？」

穆丞海心裡大驚，難道是他剛剛的演技出現瑕疵，才會被胡芹看出他是在假難過？

「從MAX出道開始，我就一直關注著你們的發展，我可以自豪地說是最瞭解你們的記者，但以我對你的認知，我覺得這件事情很奇怪。」

胡芹是個很聰明的女孩子，觀察力也敏銳，再加上她一直是MAX的頭號粉絲，可以說對穆丞海在螢光幕前的一切瞭若指掌，穆丞海知道現在編再多的理由來說服她，都會顯得牽強，於是決定據實以告。

「妳記得我拍電影《豔陽》那時，不是被倒塌的鷹架壓傷頭部，住院住了好幾天嗎？那時妳來過醫院進行訪問，還製作成特別節目，就是那次的意外，讓我有了陰陽眼……」

穆丞海將整件事的前因後果告訴胡芹，包含他們之所以會召開記者會的原因，是要逼靳騰遠出面，拿他的血液來救命。

「明明只要一點點血，就能解決我的問題，但靳騰遠說什麼就是不肯給我，妳說，他是不是很可惡！」

講到激動處，穆丞海還是忍不住批評了靳騰遠幾句，但隨即覺得自己這樣的心態很糟糕，道歉道：「其實我也很自私，為了讓自己可以活下去，還利用大家的力量……」

「沒關係的。」胡芹朝他微笑，拍拍他的肩加油打氣，「我瞭解了，我會幫你的。」

胡芹頓了下，最後還是將自己的想法說出來，「丞海，老實說，今天來專訪之前，我一直很擔心你是不是變了。」

「變了？」

「嗯，從MAX在銀翼金曲獎上大放異彩開始，這段時間你們不管做什麼事都有很亮眼的成績，我好擔心，你會不會變得跟其他人一樣，紅了之後就開始價值觀扭曲。畢竟，主動召開記者會說明身世、逼靳騰遠與你相認，都很不像你的作風呢！還好，原來只是有陰陽眼的隱情，讓你們不得不這麼做。」

「我是不知道自己有沒有變，不過我對待別人的態度，不會因為我紅或不紅就有所改變的。」穆丞海搔著自己的頭髮，臉頰微紅，「而且，我很幸運，還有子奇在我身邊呢！妳放心，他可是抱持著就算殺了我也不讓我變壞的覺悟，在防止我的性格扭曲啊。」

胡芹笑出聲，「你這麼說，我真的放心了。」她揚了揚手，「接下來，放心等我帶來好消息吧！」

得到胡芹的鼎力相助，專訪播出後，果然獲得廣大的迴響與同情，民眾開始把矛頭指向靳騰遠，在這股輿論的支持下，記者也有了膽量放手做事，大陣仗圍住青海會，想逼靳騰遠出面接受訪問。

看著SNG車鎮日守在青海會門外，穆丞海心想，這下離靳騰遠主動來找他的時間應該不遠了吧？到時候他就可以接近靳騰遠，拿到血液。

寰圖娛樂大樓，穆丞海搭乘電梯抵達地下室的停車場，才剛走到自己的跑車旁邊，就被一群埋伏的黑衣人圍攻。

穆丞海的運動神經不錯，起先還能靈活躲開攻擊，但他畢竟沒練過正統的防身術，也不擅長反擊對手，黑衣人幾波攻勢之後，他就開始處於挨打狀態。

對方顯然不只是想給他教訓而已，好幾次的攻擊都往要害處招呼，要不是關鍵幾拳穆丞海幸運閃開，恐怕現在已經一命嗚呼。

「喂！住手！等一下啦！」穆丞海的身體不斷做出閃躲動作，嘴巴也沒閒著，「你們為什麼要打我啊？就算是要死，也讓我知道一下原因啊！」

「得罪青海會，只有死路一條。」帶頭的黑衣人回答，好心替穆丞海解惑果然是青海會派的人嗎？看來靳騰遠真的很討厭他耶！寧可取他性命，背上殺人罪，也不願跟他相認。

穆丞海的心涼了半截，有那麼一瞬間，甚至心灰意冷地想著，乾脆放棄掙扎，就這麼被圍毆致死算了。

「青海會？你們說錯了，應該是天宇盟吧！」帶著不屑的輕笑聲從穆丞海背後傳來。

黑衣人們大概是沒料到自己真正所屬的組織會被猜到，立刻警戒停手，紛紛轉身面向那個說話的人。

穆丞海已經被打趴在地上，勉強抬起頭來，發現那個說話的人竟然是薛畢，趕緊出聲提醒對方，「導、導演，你快走！他們是真的想置我於死地，你別跟著一起陪葬啊！」

薛畢沒有逃走，反而回給穆丞海一抹要他放心的笑容，接著朝黑衣人們比出挑釁的手勢，黑衣人被激怒，打算先把薛畢解決掉，再來處理已經沒有反抗能力的穆丞海，二話不說，便圍攻上去。

方才將穆丞海打到無法還手的黑衣人，對上薛畢並沒有表現出人數上的優勢，反而讓薛畢一個接著一個撂倒。

薛畢的出招氣勢很強，注重攻擊大於防守，讓他整個人多了幾分狠勁，好像豁出去似地拿命在跟對方搏，但其實那只是豪放的動作所造成的假象，實際上他的移動速度很快，黑衣人們盡全力也無法傷到他一根汗毛。

一輛黑色廂型車疾速駛近，黑衣人們見打不過薛畢，全都跳上了廂型車逃走，薛畢也沒打算追，拍拍身上的灰塵，將弄皺的衣服整平，然後走到還趴在地板上動彈不得的穆丞海身旁，蹲下。

「想不到，薛導竟然這麼會打架。」全身疼痛，嘴角都滲血了，穆丞海好想就這樣昏死過去，但在這之前，他忍不住要稱讚一下薛畢的身手。

「我是混黑幫長大的，還會少了街頭幹架的經驗嗎？」薛畢看著穆丞海的狼狽樣，也沒打算伸手去拉他一把，就任他趴著，「倒是你，身體看起來強壯，想不到打架竟然這麼遜！」

一般平民百姓沒事練什麼打架啊！就算是學過一點防身術，也很難拚得過這些黑道的打手吧！

穆丞海的思緒在心中繞了一圈，最終還是沒為自己辯解。

「真不知道該說你無知呢？還是說你勇氣十足？」薛畢戳著穆丞海的鼻子，「藍卓里這麼努力幫你隱瞞，結果你卻大張旗鼓，昭告天下欺負他無力還手，你是他兒子，叫仇人來殺你。」

「誰是藍卓里啊？」穆丞海終於恢復了一點力氣，勉強坐起身來，揉著發疼的身體，不解地問。

「你知道的名字是靳騰遠，我們習慣以英文名字稱呼彼此，他叫藍卓里，我叫比爾。」

「薛導跟靳騰遠很熟？」穆丞海知道他們認識，但聽薛畢此刻的口氣像是他們不只認識，還關係匪淺。

「很熟啊，我們三個人是在國外念書時認識的，我是整著世界上和藍卓里最親的人了。」

「三個？」

「我、藍卓里，還有你的媽媽，伊琳娜。」

原來媽媽的名字叫伊琳娜呀！

「導演，靳騰遠是不是很討厭我，才會把我丟在育幼院？」

「詳細的情況我並不清楚，那個時候，有一陣子我因為私人的事情，和藍卓里跟伊琳娜分開，我只知道在我離開前，他們的感情很好，已經決定要結婚，伊琳娜的肚子裡還懷有一個寶寶。」

想到穆丞海就是當初伊琳娜肚子裡那個可愛寶寶，薛畢這個預定要當寶寶教父的人，伸手又想去戳他的鼻子，但被穆丞海躲開了。

「幾年後，等我再次和藍卓里相遇，他已經接管青海會，伊琳娜也去世了，藍卓里不太願意提那段時間到底發生過什麼事，但可以確定的是，你絕對要小心靳騰遠現在的老婆韓綾，她是個善妒又心狠手辣的女人，剛才那些天宇盟的人，就是來自韓綾的娘家。」

穆丞海還想再問個仔細，手機卻在這時響起，他從口袋掏出手機，來電顯示是育幼院的院長。

穆丞海先向薛畢說了聲抱歉，然後接起手機，電話那頭傳來院長宏亮的聲音，劈頭就是一句破口大罵：「穆丞海，你到底在搞什麼鬼！」

「啊？」被吼得耳鳴，穆丞海趕緊將手機拿離耳朵，等到院長的聲音消失後，才敢再拿回耳邊，「院長，小聲點啦，耳朵快聾了。」

「耳朵聾了總比死掉好，我不過才出國幾天，回來就看到這麼勁爆的新聞，你是活膩了嗎？還召開記者會跟大家說你是靳騰遠的兒子！」

「可是，我真的是靳騰遠的兒子啊……」穆丞海的聲音充滿委屈。

「就算是也不能說！」

聽見院長的回話，穆丞海愣住，「院長，所以妳早就知道靳騰遠是我的親生父親了？」

發現自己說溜了嘴，院長知道瞞不住，嘆了口氣，「唉……還記得我曾經告訴過你的『白雪王子』故事嗎?你就是那個故事裡被後母追殺的王子，你的父親是靳騰遠，母親是一位叫做伊琳娜的女士，我一直不肯告訴你，是因為那個後母，也就是靳騰遠現在的老婆韓綾，她從來沒有放棄找出你的下落，然後殺掉你。」

院長說到這，穆丞海就算反應再遲鈍，也聽出個大概。

「所以我召開記者會，等於是告訴韓綾，我就是她要殺的對象……」

難怪拍攝《復仇》時，韓綾會特地來片場找他問話，現在回想，應該是因為靳騰遠和他的接觸引起韓綾的懷疑，但又苦無證據，才找他探口風，結果他卻主動召開記者會，正好替韓綾印證了他就是靳騰遠的兒子。

穆丞海想問清楚他身世的來龍去脈，但手機突然傳出短暫的嘟嘟音，他將手機拿離開耳邊，看到螢幕上顯示歐陽子奇的插撥，「院長你等等，我有插撥，是子奇打來的。」

「那我們先掛吧！你找個時間回來育幼院一趟，詳細情況我到時再告訴你。」

「好。」切斷和院長的通話，穆丞海趕緊接起歐陽子奇的來電，「子奇……」

「海，你現在人在哪？」歐陽子奇的語氣很焦急，聲音的背景傳來許多吵雜聲。

「我在公司地下室的停車場。」

「你小心四周，趕快開車離開，或是先回樓上等我過去接你，我被不明人士襲擊，我想他們應該也會對你下手。」

「什麼！你也被襲擊？有沒有受傷？」聽到子奇被襲擊，穆丞海整個慌了，他現在終於明白院長為何會告訴他，再追究身世下去，會把子奇扯進來，害得他也有生命危險。

「我沒事，傑克把那些人解決了，倒是你剛剛說『也』，難道對方已經對你動手了？」

「嗯，幾個黑衣人在停車場堵我，還好薛導經過，替我把他們打跑了。」

「薛畢？」

「對啊！你也覺得他看起來斯斯文文、弱不禁風的，應該只有當沙包的份吧？沒想到他打起架來有模有樣耶！我問他為什麼這麼會打架，他說自己以前是混黑幫的，常常……唉唷──」

聽到穆丞海的形容，薛畢忍不住一巴掌從他的頭頂拍下去，然後賞他一記狠瞪，這小子倒是很會趁機說他壞話。

「子奇，我先不跟你聊了，再聊下去我可能會有生命危險……不是黑衣人，是被薛導打……好，家裡見。」

見穆丞海說完電話，薛畢也拿起自己的手機，撥了號碼，對方一接通，薛畢馬上直搗核心的說：「喂，韓綾已經動手了，你確定你還要繼續保持沉默嗎？要不是我剛好到寰圖娛樂談事情，你兒子恐怕已經被人打死了。」

對方不知道說了什麼，薛畢應了聲好，掛斷電話後，拉著穆丞海站起來，

「走吧。」

「去哪？」

「送你回住處，收拾行李。」

「為什麼要收拾行李啊？」

「廢話少問。」

穆丞海滿肚子疑惑。莫非，他要開始逃亡的生活了嗎？

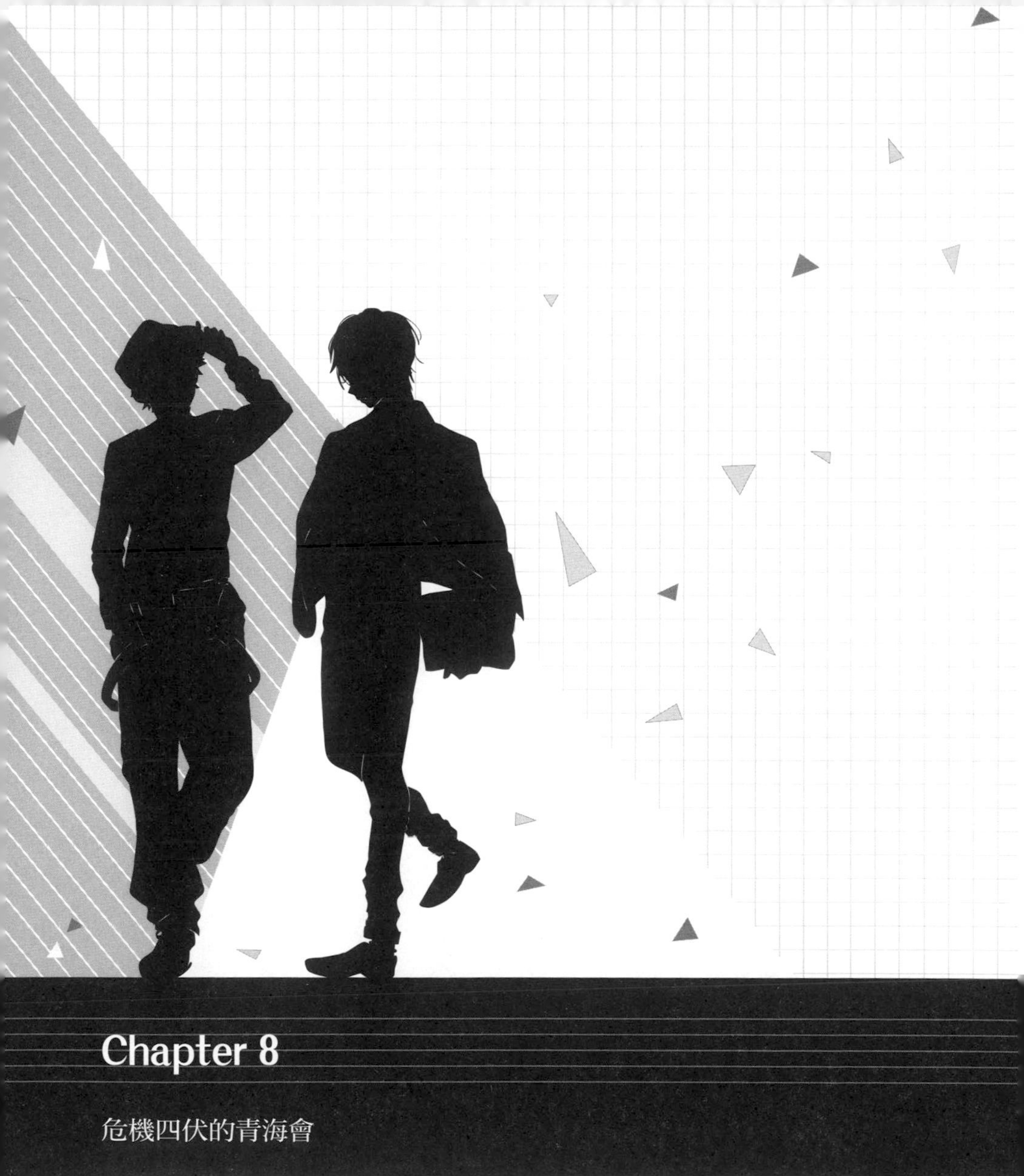

Chapter 8

危機四伏的青海會

在薛畢的護送下，穆丞海安全回到家中，然後薛畢叮嚀他乖乖待在家裡，不要隨便開門，自己就先離開了。同時，穆丞海接到一通電話，對方說他叫程浩，是靳騰遠的特助，來傳達靳騰遠的意思，要將穆丞海接去青海會本部，和靳騰遠同住。

穆丞海原本還想多問一些細節，但程浩並不想多談，只說了明天會來接他，就直接掛上電話。

那瞬間，穆丞海很想飆髒話，靳騰遠也太大牌了吧！都沒問過他的意願，就直接說要接他去住，難道自己怎麼想的一點都不重要嗎？

穆丞海憋屈著氣，忍到歐陽子奇回家後，把靳騰遠要接他過去住的事告訴他，詢問子奇的想法。

「原先，我們希望逼靳騰遠出面的方式，是讓靳騰遠來找你談，再趁機取得他的血液，現在靳騰遠卻是更進一步地希望你去和他一起住……」歐陽子奇的表情很為難，「雖然過去住之後，接近他的機會增加，但青海會裡面的狀況怎麼樣，我們很難掌握，說實話，我不希望你去。」

但這確實是個很好的機會，他們時間有限，錯過這次，機會還不會再來，他們都無法保證。

穆丞海拍拍歐陽子奇的肩，反正險都冒那麼多次了，再多一次也無所謂，「那我就搬去吧！別擔心，我會小心行事的，反正就住到我取得靳騰遠的血液為止，相信也不用太久的，事成之後我就會搬回來，回到之前平靜的生活。」

事情就這樣決定了。

隔天，青海會派了輛車子來接穆丞海，是豪華加長型的名車，穆丞海將打包好的行李交給程浩放到後車廂，當他打開車門要坐進去時，發現車內有一個人，是靳騰遠。

不會吧！靳騰遠親自來接他？

這……他還沒做好心理準備，要跟靳騰遠在同一個狹小空間裡相處啊！

穆丞海硬著頭皮坐進車內，這麼近距離和靳騰遠在一起，那感覺說有多壓迫就有多壓迫，車內氣氛很詭異，靳騰遠從頭到尾不講話，他也不敢隨便開口，整個安靜到了極點。

他好想叫司機放個音樂或廣播來緩和一下氣氛，如果之後的生活都是這樣，他哪受得了！

車子向青海會的本部前進，而從靳騰遠一離開青海會去接穆丞海開始，就有兩輛意圖不明的廂型車，一直保持著距離跟在後頭。

靳騰遠猜測對方原本是想對穆丞海不利，卻沒料到他也在車內，因此遲遲不敢動手。

一路上，靳騰遠要司機故意放慢車速，讓對方不費吹灰之力就能跟上，挑釁的意味頗深，他就想看看，對方能玩出什麼花樣。

穆丞海沒有發現自己的處境危險，只覺得面對隱約流露出殺氣、態度比平常更冰冷的靳騰遠，實在難受得緊，侷促不安地狂搓揉的雙手，如果他現在手上有刀子或是任何利器，真想直接劃傷靳騰遠取得血液，然後跳車逃走，脫離這個如坐針氈的情況。

但是穆丞海也和後頭那些要對他不利的人一樣，根本沒料到靳騰遠會親自來接他，舉凡刀子、鞭子、麻醉劑、喝了會流鼻血的奇怪藥品、安眠藥等等他短時間內能盡力弄到的工具，全都收在行李裡，放在後車廂內了。

好吧，其實要讓一個人流血的方式不少，例如，他如果直接一拳招呼在靳騰遠鼻子上，鐵定是會見血的，只是……

偷瞄著靳騰遠那張沒有表情的冰塊臉，他實在是沒膽子動手啊！

就在穆丞海糾結掙扎的過程中，車子安全抵達青海會本部。

程浩率先下了車，幫靳騰遠打開車門，穆丞海也跟著下了車。

映入眼中的，是一棟氣派的建築物，樓層不高，但占地極廣，融合日式與中式的古典風格，大門口左右站了兩排穿著統一西裝款式的人，在見到靳騰遠和穆丞海出現後，動作一致地鞠躬大喊——

「會長好！丞海少爺好！」

哇，這排場也太驚人了吧！穆丞海被青海會手下這種高規格的對待方式給嚇到，愣在原地不知道該怎麼辦才好。

靳騰遠顯然對這樣的場面見怪不怪，只是稍微揚手示意大家退下，就逕自往前走，穆丞海見狀也趕緊恢復神智，快步跟上。

靳騰遠走進自己的書房，在他用來辦公的書桌前坐下，抬頭冷視著穆丞海，終於打破這一路上的沉默，對著穆丞海說：「住在青海會裡，有許多必須遵守的規矩，晚點程浩會告訴你。我只想叮嚀你一點，如果要出門，記得帶上保鏢，別讓自己落單。」

「嗯。」穆丞海順從的點頭，眼睛的焦點落在書桌上的一把拆信刀上。

「下去吧。」交代完，靳騰遠就低頭開始處理起堆在桌上的文件。

這是個好機會，如果能搶到那把刀子……

「還有事？」見穆丞遠沒有離開，靳騰遠從文件中抬頭。

「那個……」穆丞海向書桌靠近，「我很好奇，你的頭髮天生就是銀色的嗎？」

假借想要近距離觀看靳騰遠的髮色，穆丞海動作迅速地將手伸向拆信刀，但他的動作快不過靳騰遠，在他摸到刀子的同時，靳騰遠就準確地箝住他的手腕，出力一扭，刀子飛了出去，穆丞海則是手腕被反轉壓制，整個身體趴在書桌上，露出吃痛的表情。

想突襲靳騰遠，果然討不到便宜啊！

「我很好奇，你拿到我的血液之後，有什麼打算？」見穆丞海的眼珠左右轉動，顯然是在心裡編織什麼理由，靳騰遠加重壓制的力道，冷聲道，「別試圖說謊騙我，對你絕對沒有好處。」

「我……拿到血液之後，會離你遠遠的，再也不跟青海會扯上關係。」一股手快被扭斷的痛楚傳來，穆丞海咬著牙說。

聞言，靳騰遠面無表情地放開他，淡淡地說了句，「我不會主動將血液給你。我說過，我的血很珍貴，想要就憑本事拿。」

穆丞海垂頭喪氣的離開書房，那背影就像隻打架落敗的可憐小狗，看著他的落寞，靳騰遠不禁柔和了臉部線條，他從上了鎖的抽屜裡拿出一個牛皮紙袋，抽出一疊厚厚的資料。

這疊資料，是靳騰遠在知道穆丞海就是自己的兒子後，派人暗地蒐集的，全都是跟穆丞海有關的資訊。

有好幾十張照片，從穆丞海小時候到長大成年後都有，學校的畢業紀念冊，還有穆丞海出道後的相關報導剪輯。

靳騰遠拿起其中一張照片，那是穆丞海十歲左右，在育幼院的慶生會上，全身被塗滿蛋糕奶油、和育幼院的其他小朋友們一起合照的相片，靳騰遠看著看著，不禁露出微笑。

這二十幾年來，在伊琳娜被韓綾暗殺身亡後，他從沒間斷派人去尋找他們的孩子。

無奈當初伊琳娜將孩子藏得徹底，連對他都不願透漏半點訊息，他只能像大海撈針一般，不放棄地繼續尋找著他們的孩子，好幾次，他都要以為孩子是不是已經不在這個世界上了。

直到某次看見MAX的宣傳海報，穆丞海的神韻和他們如此相像，連年紀都和他失蹤孩子的孩子吻合，他去育幼院打探，和院長一起確認了穆丞海的身分，他欣喜若狂，卻無法立即與他相認。

韓綾的存在，成為最大顧忌，也因為擔心韓綾會再下次毒手，他只好端起冷酷面孔，裝作不在意，私底下再偷偷調查瞭解這個兒子，以及他這二十幾年來是過著怎樣的生活。

他每天看著穆丞海的照片，想將他的模樣深深刻在腦海裡，他反覆聽著MAX的專輯，希望藉此熟悉兒子的聲音，就連網路上的視頻他都沒放過，這是他唯一可以看到兒子跳來蹦去的方式。

在歐陽家的慈善宴會，他發現有人從背後襲擊，本來想直接擊倒那個人，給予重挫，但穆丞海倒地前發出的那聲低叫，讓他認出是自己的兒子，幾乎是出於愛護的本能，他馬上伸手去拉住他。

他很想跟穆丞海相認，但環境不允許，至少在他解決韓綾、拔除韓綾娘家的天宇盟勢力之前，他不能這麼做。

靳騰遠也想過乾脆一點，將血液給穆丞海，說什麼自己的血液太珍貴，不能給他之類的話，都是騙人的，因為穆丞海在宴會那天向他保證，拿到血液之後，絕對不會再來打擾，讓他害怕萬一給了血液，他的兒子就再也不會來接近他了。

連剛剛對穆丞海說的話也一樣，依他瞭解到的穆丞海，如果達到了目的，肯定不會乖乖待在青海會裡接受自己的保護。

目光看向牆壁邊角的那把拆信刀，靳騰遠走過去，把刀子撿起，笑意加深。

其實，不把血液輕易給穆丞海還有一個原因。

看著兒子想破腦袋，使盡各種方法要得到他的血液，實在是太有趣了！讓他一直期待著他的下一步行動，到底還會出什麼招來達到目的呢？不知不覺中，就開始捨不得將這個逗弄兒子的「遊戲」提早結束掉。

可能會很對不起兒子，但就讓他暫時委屈一點，配合他這個爸爸，玩一下諜對諜的遊戲吧！

「伊琳娜，我這樣對待我們的孩子，會太殘忍嗎？」靳騰遠從抽屜裡拿出一個相框，照片上是一個金髮藍眼，笑容燦爛的美麗女子。

「他的個性很開朗直率，像妳……」

靳騰遠想起在育幼院前，與穆丞海不期而遇時的情景。

穆丞海怕他，又想極力保持鎮定，畏懼的心思全寫在臉上，靳騰遠當時心想，這麼沉不住氣，要怎麼在社會上生存？身為父親，他有責任改變他的沉不住氣，只是，越瞭解穆丞海，越覺得那直率的性格可愛，雖然希望他能保護好自己，卻不希望他的純真性格受到汙染。

想為他撐起全世界，想將他身邊的危險全部排開，想把最好的東西都給他，想讓他永遠單純快樂的生活著，想去寵溺他，為他解決所有煩惱。

這種心情，是父愛。

即使經過二十年沒見面，也難以割捨這份情感。

他想敞開雙臂，將兒子摟進懷裡，拍拍兒子的肩，告訴他一聲，流落在外的生活辛苦了，希望看到兒子對著他笑，毫無保留地暢聊心事。

若非情況特殊，靳騰遠根本不想用強迫的手段，將兒子硬留在身邊，他也知道此刻的穆丞海並不習慣與他相處，然而，現在還不能讓他走，穆丞海太嫩了！比爾已經不只一次跟他抱怨，穆丞海的防身能力實在有夠糟，現在讓他走，肯定無法在韓綾的暗算下全身而退。

等解決完韓綾的事情後，他會試著扮演好一個父親的角色，對穆丞海付出他所有的關愛，如果到時兒子還是想離開，那麼，他也會放首，讓兒子去過想過的生活。

叩叩——

書房的門被敲了兩下，穆丞海不等回應，逕自開門進來，手裡端著一杯茶。

「口渴了吧？我送喝的來給你。」和離開前的沮喪不同，穆丞海堆起諂笑，將茶放在靳騰遠面前，然後一臉期待地等著他喝。

看著那杯黑色濃稠，散發怪味的不明液體，靳騰遠差點失笑，這鐵定是加了什麼奇怪的東西，另一個想要拿到他血液的計謀吧？

靳騰遠猜的沒錯，穆丞海把一堆補品都加在茶裡面了，就是期待靳騰遠喝了會流鼻血。

反正鼻血也是血，只要是血，從哪裡流出來的他都無所謂啦！

靳騰遠沒有拿起茶來喝，他挑眉，向穆丞海下戰帖，「這麼想要我的血？光明正大來拿如何？」

「啊？」光明正大？

「跟我去道場，一對一，如果你有辦法打傷我，傷口所流的血，我不會掙扎，要多少就讓你取多少。」

趁著這個機會，來好好訓練兒子的武術吧！

此時，書房外傳來敲門聲，只見程浩走進書房，恭敬地對著處理文件的靳騰遠說話。

「會長。」

「什麼事？」

「會長夫人為了歡迎少爺，親自下廚，準備好晚餐請會長過去用餐，少爺跟夫人已經在餐廳就坐了。」

韓綾在搞什麼鬼？靳騰遠的臉色難看至極。

除了結婚當天，因為宴客的關係，他們不得不坐在同一桌，這二十年的時間，他們根本沒一起用餐過，更別說是韓綾竟然會親自下廚。

「我知道了。」

將手上的工作暫停，靳騰遠往飯廳走去。

靳騰遠抵達餐廳的時候，韓綾和穆丞海分別坐在餐桌兩旁，一個冷漠一個不安，氣氛異常凝重，靳騰遠在主位坐下，一旁的傭人立刻將飯菜端上來，服侍著這一家三口用餐。

對穆丞海來說，這次吃飯，有好多的第一次。

第一次吃飯讓傭人服侍，第一次跟「家人」團聚用餐，也是第一次……這麼食難下嚥。

以前在育幼院吃飯，氣氛都是歡樂的，和其他小朋友打打鬧鬧，互相搶食，就算是長大一點後，也是邊吃飯邊聊天，氣氛絕對不是這樣。

除了挾菜跟吃飯時餐具不小心碰到的聲音外，實在是安靜的可以。

他現在要繼續自顧自的吃飯嗎？還是該做點什麼，像電視上演的兒子那樣，挾菜到「爸爸」跟「媽媽」碗裡，笑著要他們多吃一點？

但是，看著眼前全身散發著「生人勿近」氣息的靳騰遠和韓綾……天啊，他做不到啊……

不要說挾菜，就連開口講話的勇氣都沒有，這頓飯吃起來還真難消化。

好不容易捱到晚餐結束，一散場，穆丞海立刻飛也似地奔回房間，打電話給歐陽子奇，劈頭就是一句哀嚎。

「子奇——」

在接到電話前，歐陽子奇挺擔心穆丞海搬到青海會之後的狀況，但聽到他那一聲充滿哀怨的叫喚，忍不住笑出聲，「聽到你這麼有元氣的聲音，我放心多了，看來在靳家過得很不錯嘛！」

「太殘忍了，竟然還有心情損我……」穆丞海哭喪著臉，「我跟你說，這一家的人顏面神經一定有問題，不管是靳騰遠還是他老婆，他們竟然可以永遠保持面無表情，連吃飯的氣氛都很沉悶啊！」

「待不下去的話，就趕快設法拿到血液，回家來囉！」

那句「回家」，讓穆丞海頓時覺得心暖暖的。

對嘛！和子奇一起住時，那種安心又放鬆的感覺，才是真正的「家」啊。

「可是，我真的覺得自己很遜耶！靳騰遠都直接讓我單挑了，說只要能弄傷他，要多少血就給我多少血，結果我連碰都碰不到他，還被他打得腰痠背痛。」

「打是打的『頭破血流』吧！怎麼會是『腰痠背痛』？」

「就……他沒有真的打傷我，只是一直糾正我的姿勢，要我不斷重複出拳、踢腿、閃躲，直到動作讓他滿意為止，才肯讓我停下來，所以我現在全身痠疼得不得了，骨頭都快散了。」

「聽起來，靳騰遠是在訓練你？」

「是在虐待我吧！」穆丞海抱怨，「他一定是因為我老是暗算他，生氣了，才這樣整我。」

真是當局者迷，歐陽子奇微笑，看來他是真的暫時不用擔心穆丞海在青海會裡會出事，靳騰遠的行為聽起來對這個兒子很照顧呢！完全不是他表現出來的那樣漠不關心。

「韓綾，慈母的形象一點也不適合妳。」餐後，韓綾跟著靳騰遠回到他的書房，在她開口講出來意前，靳騰遠就先冷言以對。

「賢妻也不適合嗎？」不輸靳騰遠的氣勢，韓綾站在靳騰遠面前，同樣倨傲。

「韓綾，我不想跟妳撕破臉。」

當天宇盟的老大，拿著青海會的存亡來威脅自己娶他女兒時，就注定了自己和韓綾之間不可能會有和善的關係，尤其是他們當時明知道伊琳娜與孩子的存在，卻硬要拆散他們，甚至韓綾還不肯放過他們母子，派人將伊琳娜……

書桌底下的手，用力握拳，指節泛白。

「不想撕破臉？那就不該讓他住進家裡來！」仗著天宇盟的勢力撐腰，韓綾在靳騰遠面前說話從沒氣弱過。

她愛著這個男人，深深愛著，想盡辦法就只為了得到他，就算知道他是被逼著娶自己，她也無所謂，她一直深信自己有辦法得到他的心，但是二十年過去了，他們的關係依舊如此惡劣。

「如果不是妳派人去襲擊他，我也不會這麼做。」

靳騰遠若是一開始就打算和穆丞海相認，早就將他接進來同住了，根本不需要那麼忍耐，還在他面前裝出嚴肅冷酷的形象。是韓綾的行動，迫使自己不得不打破沉默。

韓綾將頭抬高，冷傲放話：「你以為，讓他住進來，我就動不了他嗎？」

「這裡是青海會！如果妳硬要亂來，想賭上整個天宇盟，我也不會畏戰，就算最後賠掉青海會，我也無所謂。」

「你就為了那個賤女人，為了她的兒子，可以做到這種地步？」

靳騰遠驀地站起身，充滿寒意的眼神怒視著韓綾，雖然沒有動手，但他的眼神卻讓韓綾覺得自己已經被賞了一記耳光。

「如果妳還有一點點在意妳的父親，有身為天宇盟盟主女兒的自覺，就約束好妳自己的言行舉止。」靳騰遠走向門口，在離開之前，他驀地停下腳步，深吸了一口氣，語意深長地說，「還有，不要逼我跟妳算伊琳娜的這筆帳。」

說完，頭也不回地離開了。

被留下的韓綾氣憤難忍，雙眼布滿血絲，「靳騰遠，我絕對會讓你後悔！」

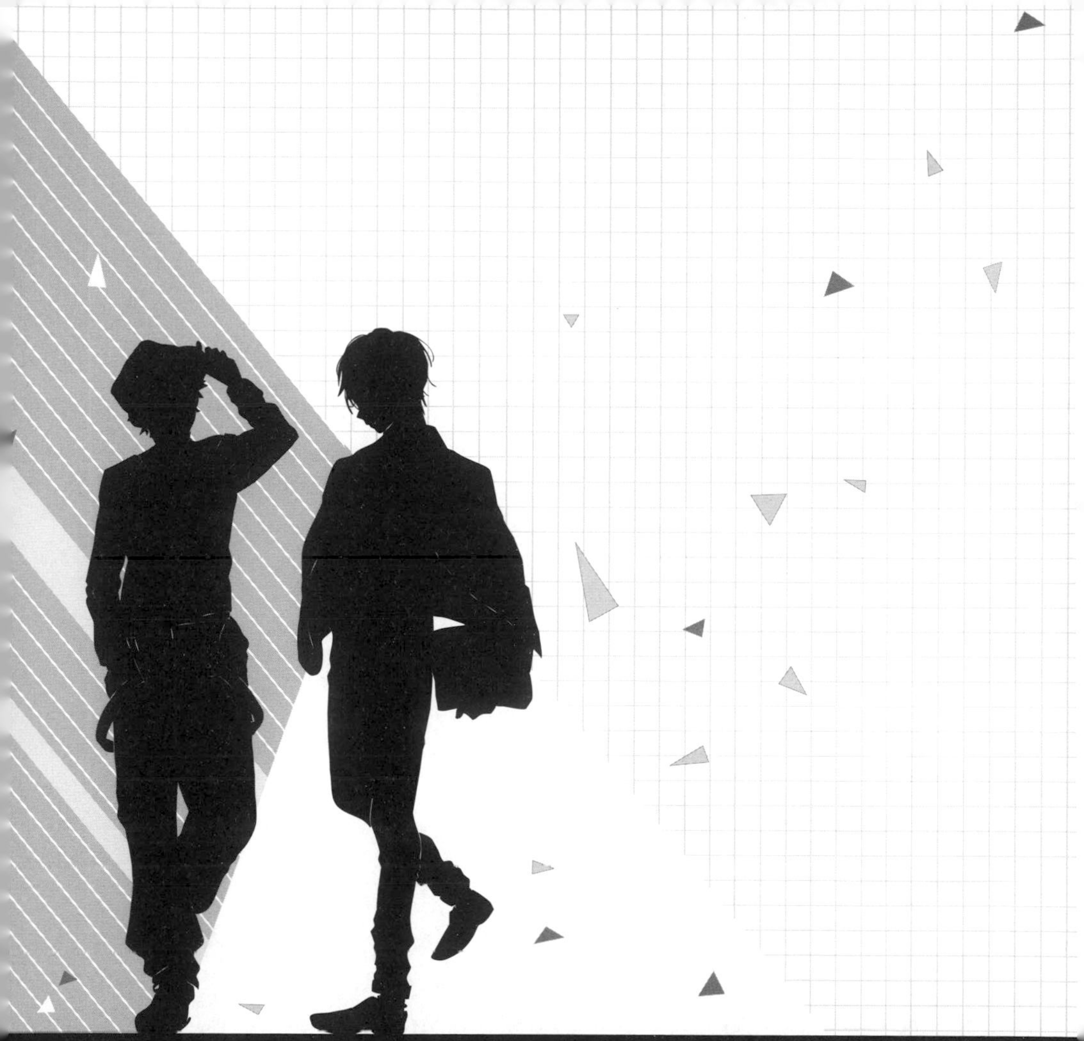

Chapter 9

玉石俱焚的復仇

半夜兩點四十四分。

梳妝臺前，韓綾放下總是盤起的髮髻，然後從抽屜裡拿出一樣東西，那是一把形狀特殊的玉雕梳子，外頭用了紅紙包著。

她拿起玉梳，緩慢、仔細地梳理著頭髮，那動作，像是要把每一根髮絲都梳過。

等到她將整頭烏黑的秀髮都梳理整齊後，又拿起一把剪刀，剪了幾綹頭髮，包在紅紙裡頭，再用紅線纏繞，打上十字結。

接著，她將紅色的小包裹放回抽屜裡，開始化妝，粉餅打底、畫眼影、上眼線、抹腮紅，無一不漏，原本就漂亮的臉蛋被她妝點得更加亮麗。最後，她挑了一條紅色口紅，為自己的唇增添豔麗。

化完妝，韓綾滿意地看著鏡中的自己，她穿著剪裁合身、繡工華麗細緻的旗袍，完美呈現她保養得宜、玲瓏有致的身材曲線，大紅的衣服，讓她像是要去參加喜宴一樣，貴氣十足。

「伊琳娜……」韓綾對著鏡子喃喃自語，「我從來就不覺得自己輸妳，不管是身材外貌或是內在涵養，更不用說我能帶來的勢力，豈是一個單親家庭、只能靠公費念書、領著政府生活補助金的妳比得上的？」

韓綾站起身，拿起一個羅盤，開始在房間內找方向。

「但是，為什麼靳騰遠的心永遠在妳身上呢？即使妳死了這麼多年，他的眼裡還是沒有我的存在……一定是妳對他下了什麼蠱吧？」

找到了！韓綾在一個背對窗戶，離窗邊兩步之遙的位置停下。

「現在，他竟然無視於我的感受，還將妳的兒子接進來家裡住……我也有我的尊嚴，絕不容許靳騰遠這麼踐踏……」

韓綾放下羅盤，搬來一張凳子。

「這次，我會將妳的兒子……一起拉下地獄！」

時間到了，看著牆上的鐘，韓綾發出一聲冷笑。

接著，她拿起畫滿符咒的白布條，懸上。

三點整，韓綾上吊自盡。

「靳騰遠，我把女兒交給你，你到底是怎麼對她的？」天宇盟的老大，也就是韓綾的父親，在獲知女兒的死訊之後，風風火火趕到青海會，他看到女兒上吊的模樣，整顆心都碎了，痛心疾首地指著靳騰遠大罵。

靳騰遠沒有任何辯解，只是冷著一張臉，看著警方將韓綾的屍體取下，裝進屍袋裡。

這個現場很詭異。

韓綾喜歡暗色系的旗袍，卻穿著紅衣跟紅鞋上吊，那塊白布上頭還畫滿符咒，靳騰遠瞧見放在桌子上的羅盤。

她還特地選好方位？

「靳先生，警方已經排除他殺的可能，夫人確定是自殺，還請節哀。」一名員警向靳騰遠說明。

青海會與天宇盟的背景特殊，警方在調查完現場，確定沒有他殺可能後，也不再久留，收拾完馬上撤離現場，將韓綾的遺體交給家屬們處理。

「把小姐接回家！」韓綾的父親現在完全不信任靳騰遠，更不想讓靳騰遠去處理女兒的後事，他命令手下將韓綾的遺體搬上車，隔著屍袋，心疼地撫著女兒冰冷的遺體，「乖女兒，爸爸現在就把妳帶回家，再也不會有人欺負妳了。」

他轉頭瞪向靳騰遠，惡狠狠地道：「靳騰遠，我們走著瞧！我絕對不會這麼簡單就放過你！」

靳騰遠不在乎天宇盟會怎麼對付他，此刻他只想弄清楚韓綾在搞什麼鬼。

韓綾不是那種會用死來逃避的人，她竟然會自殺，著實令人費解，想來想去，最有可能的原因是，韓綾想利用死亡作為手段，進行報復。

目標，可能是他，也可能是穆丞海。

如果只是用死來煽動天宇盟有所行動，靳騰遠還不怎麼擔心，他早就做好放手一搏的準備，就怕那紅衣和白布上的符咒，是不是什麼索命詛咒？

他對付得了人，卻對不了無形的殺人方式。

思及此，靳騰遠的神色一凜，「程浩，聯絡殷大師。」

穆丞海聽說韓綾在她自己的房間裡死掉了，但他完全不清楚韓綾的死因是什麼，突然急病過世？還是被仇家暗殺？現在那個房間被人用黃色布條圍起來，不許他人進入。

只是，穆丞海仔細一瞧，上頭竟然不是寫著「禁止靠近」，還是什麼「封鎖線」之類的警語，而是用紅色珠砂畫著符咒。

到底是怎麼回事啊？看起來好詭異。

「回房間去！」

一聲斥喝，靳騰遠出現在穆丞海身後，口氣一改冰冷，嚴厲至極。

面對靳騰遠的強勢，穆丞海聽了，心裡本來在第一時間還冒出反抗意識，但想想現在整個青海會的氣氛相當不對勁，而且自己的老婆死掉，靳騰遠雖然臉上沒事，心裡應該還是會難過吧，他就大人有大量，暫時不跟他計較了，乖乖回房去。

一回到房間，穆丞海立刻拿出手機，撥了電話給歐陽子奇，「子奇，發生大事了。」

「怎麼了？」現在是早上十點，電話那頭的聲音還充滿睡意，穆丞海心想子奇應該前晚又因為工作晚睡了吧。

「韓綾死了。」

「韓綾死了！什麼時候的事？」歐陽子奇整個人清醒過來。

「昨天。」

歐陽子奇趕緊打開電視，連轉了好幾台，「電視新聞完全沒有報導，看來消息是直接被壓下來了。」這事不單純。

「為什麼要壓下韓綾死的消息呢？」穆丞海不解，「靳騰遠的樣子也很古怪，我看他好像對韓綾的死不怎麼難過，而且現在青海會的氣氛也不哀戚，只是變得好凝重。」

「我去調查看看，你自己小心點。」

「嗯。」

切斷通話，穆丞海躺在床上，回想著來到青海會後的狀況。

他原以為的黑道人物，是那種滿口髒話、嚼著檳榔、全身刺青、行為舉止海派粗魯的兄弟，但這種畫面在青海會本部的宅邸裡卻未曾出現。

進出這裡的人或許氣勢上真的很像黑道人士，但他們的穿著整齊，不管何時，一定都是整燙過的西裝，繫好領帶，不喧譁，不飆穢言，而且讓穆丞海印象深刻的是，他們很尊敬靳騰遠，每個人看起來都不是迫於青海會的龐大勢力，而勉強在靳騰遠底下做事，他們是打從心裡臣服於靳騰遠，為他賣命。

也因為他們對靳騰遠的尊敬是真的，才讓自己這個突然冒出來的少爺，同樣受到尊敬和禮遇。

整個青海會裡對他不友善的，應該就只有韓綾一人了。在靳騰遠面前，韓綾還會稍微收斂一下脾氣，但幾次他單獨在走廊上與韓綾錯身時，她瞪向他的恨意是那麼明顯，總讓他不寒而慄，只想加快腳步遠離她。

韓綾為什麼會死呢？看她健健康康的，也不像有什麼重病纏身。

難道她的死跟靳騰遠有關嗎？或者，跟自己有關？

穆丞海想著想著，就這樣迷迷糊糊地睡著了。

穆丞海做了一個夢。

夢中，他走在青海會的宅邸裡，有個穿著紅衣服的女人，遠遠地站在走廊盡頭，他好奇朝對方走去，每靠近一步，那個女人就遠離他一步，他覺得奇怪，跑步過去，想要追上對方，但是女人的身影卻消失了。

他轉身，發現自己進到一個房間裡，剛剛的紅衣女人坐在窗戶前，背對著他，穆丞海這才看清楚，女人穿著旗袍，她有一頭漂亮的金色頭髮，在陽光照耀下發出漂亮的光澤。

「妳是誰？」穆丞海問著。

女人轉過身來，是他沒見過的長相，一雙藍色眼眸讓穆丞海印象深刻。

「我叫伊琳娜。」女人對著他笑，那笑容好美，好溫暖。

「伊琳娜……」好熟悉的名字啊，「媽媽？」

穆丞海想起薛畢曾說過，他、靳騰遠及伊琳娜三個人是在國外留學時認識的，伊琳娜就是他母親的名字。

女人向他招手，敞開懷抱，穆丞海情不自禁地朝她走去。

然而，女人突然站起來，身體越來越高，最後腳尖竟然離地了，穆丞海抬頭，發現女人的脖子掛著一條白巾，懸吊在天花板上，那張猙獰的臉，竟然變成韓綾！

穆丞海從夢中驚醒，全身被冷汗濡濕。

這夢好真實，就算醒來，還是有種身歷其境的感覺。

可能是因為聽到韓綾死掉，帶來的衝擊太大了，才會做這種惡夢吧。

穆丞海抹抹臉上的汗珠，不以為意。

連續三天，穆丞海只要一睡覺，就會夢到同一個穿著紅色旗袍的女人，在夢中，對方不斷地在伊琳娜跟韓綾這兩者之間切換，用伊琳娜的樣子吸引他過去，又用韓綾的樣子驚嚇他。

他總是學不乖，明明在醒著時拚命告訴自己，如果再夢到那個女人，一定不能上當，但一到夢中，他還是會忍不住靠近，享受著她帶給他的溫暖，然後一次又一次的，在韓綾的驚嚇中醒來。

今天的夢，依舊有那個紅衣女人，場景卻不在房間內，而是重現當初韓綾親自下廚，他們三人唯一一次共同吃飯的畫面。

靳騰遠坐在主位，他的對面，則是坐著伊琳娜。

和現實生活中那天吃飯的氣氛不同，夢中的靳騰遠和伊琳娜有說有笑，看起來很甜蜜，伊琳娜不斷挾菜到他和靳騰遠的碗裡，還叮嚀穆丞海要多吃一點，這樣才會長高長壯，靳騰遠則是笑著對伊琳娜說，他太寵兒子了！

即使知道是在夢中，穆丞海還是覺得感動，這是他夢想著能夠實現的畫面，和爸爸媽媽在溫馨又和樂的氣氛中一同用餐，就像普通家庭的日常那樣。

不過，當他低頭準備吃飯時，發現他的碗裡裝著的東西，根本就不是飯菜，而是一條一條蠕動的蛆。

他嚇得將碗丟下，再抬頭，對面的紅衣女人已經變成韓綾的樣子。

「你以為只有你想要這種溫馨的家庭聚餐，我就不想要嗎？」韓綾狠瞪著他。

穆丞海再度從夢中驚醒。

臉上掛著兩個明顯的黑眼圈，穆丞海在傭人的叫喚下，步履蹣跚地走到飯桌前用餐。

今天依舊是他一個人吃飯，自從韓綾死後，靳騰遠不知道在忙什麼，幾乎整日不見蹤影。

其實，穆丞海所不知道的是，因為韓綾自盡的緣故，天宇盟與青海會的交惡情況已正式浮上檯面。

這些天，兩邊堂口不斷有衝突出現，靳騰遠不只要組織手下做好防禦，還要三不五時接受警方關心，並且暗地裡策劃反攻，準備一舉拔除天宇盟的勢力，可以說是忙得焦頭爛額。

程浩偶爾會來看穆丞海，但也只是交代他沒事盡量不要離開房間，其他的事情倒是沒提起半分。

穆丞海拿起碗，想說多少吃點東西，補充體力，他看著碗裡的飯粒，突然想到夢裡長蛆的畫面，胃部一陣噁心翻攪，頓時沒了食慾。

好慘啊！睡也睡不好，吃也吃不下，要是讓小楊哥看到他現在的樣子，肯定又要數落他一番了！他已經很多天沒進公司，不知道現在公司那邊的狀況怎樣，新的工作安排下來了嗎？

子奇的調查有結果了嗎？今天子奇有打電話來，但他睡得迷迷糊糊，沒接到電話，等他醒來回撥時，換成子奇沒接。

還有，豔青姐呢？他不在家的這幾天，豔青姐有到家裡去看電視嗎？有沒有想他？還是覺得他不在真好，不會跟她搶電視，也不會纏著她問東問西？

想到大家，穆丞海漾開一抹虛弱的笑，他真的好想趕快拿到靳騰遠的血液，結束這邊的事，回到熟悉的大家身邊。

好累，還是回房休息一下吧。

正要起身，穆丞海的眼角餘光瞄到窗外有個奇怪的影像在移動，吸引了他的注意，他抬頭去看，接著便後悔了。

一雙腳，在窗外上緣的地方出現，以違反常理的方式浮在空中。

那雙腳上穿著紅鞋，緩緩下降，接著，他看到紅色裙子的下襬出現，是件合身旗袍，再來是一雙無力垂掛在身體兩側的手。

穆丞海捏了一下自己的大腿。

痛！

所以，他現在並不是在夢中……不在夢中，那就是他……見鬼啦！

他看見紅衣身影越降越低，越降越低，最後出現臉部。

歪曲的頭，靠著軟綿綿、沒有支撐力的脖子連接著身體，那張面無血色的臉上，眼睛瞪得很大，像是快要掉出來一樣，舌頭有半截吐在紅唇外面……

是韓綾，最近一直在他夢中出現的韓綾！

穆丞海想逃跑，卻全身僵直，失去移動能力。

窗戶是關著的，但穆丞海猜想那應該沒有任何隔絕效果，果然，下一秒就見韓綾緩緩抬起雙手，往前一伸，毫無阻力地穿過窗戶，進到屋子裡來。

那畫面太驚悚，以至於穆丞海完全忘記要假裝自己看不見，眼睛瞬也不瞬，視線跟著韓綾移動。

「你看得見我？呵呵，原來你有陰陽眼啊……」韓綾依舊飄浮在空中，朝穆丞海靠近，她的身體不斷滴著奇怪的濕黏液體，在經過的地板上，留下一道鮮紅色的痕跡，「看得見，就好辦多了，省得我每天到你夢裡去折磨你……」

可惡，原來他這幾天不斷作夢，都是韓綾搞的鬼！他還以為是韓綾死亡的消息太震撼，造成心理衝擊，害他日有所思夜有所夢咧！

「你知道上吊死亡的過程是什麼樣的感覺嗎？頸部受到拉扯，強烈的劇痛……吸不到空氣，絕望的窒息感……在失去知覺前，掙脫不開的痛苦……真想讓你也嘗嘗……」

穆丞海動彈不得，也發不出聲音求救，只能眼睜睜地看著韓綾露出惡狠笑容，伸出雙手掐住自己脖子，越來越用力，然後將他身體整個向上拉，拉到他的腳已經碰不到地板的地步。

上吊的感覺……韓綾真的讓他體驗到了，他吸不到任何空氣，卻連掙扎都不能，頭部越來越暈眩。

殷大師，這就是你說的陰陽眼要是不封閉，就會有的生命危險嗎？

他要死了……可惡，還沒交代遺言啊！

殷大師，超渡的事情就麻煩你了……

豔青姐，真的很想看到妳坐在家屬的位置上，替我答謝那些來參加我告別式的人，但畢竟這不是夢，妳不可能馬上活過來。

啊！對了，最重要的一點，子奇絕對不能踹我的棺木！

黑暗襲來，穆丞海失去知覺……

有講話的聲音，模模糊糊，忽遠忽近，是誰？來接他去陰曹地府的鬼差嗎？

「那個女人真是瘋得徹底。」

不知過了多久，穆丞海緩緩睜開雙眼，發現坐在他身邊的竟然是豔青姐，這是怎麼回事？所以他到底死了沒？

「豔……咳咳……」穆丞海想叫她，但頸部的燒灼感造成他一陣劇烈猛咳，讓他原本就已經被折騰到沒什麼力氣的身體變得更虛弱。

「丞海，先喝下這杯水。」殷大師也來了，他將一杯呈現淡黃褐色的水遞給穆丞海，他喝了一口，喉嚨的燒灼感明顯減輕很多。

「你們……怎麼會在這裡？」穆丞海看了看四周，確認自己還在青海會沒錯，而且……「豔青姐，妳的樣子怎麼這麼狼狽啊？」

凌亂的頭髮，到處有裂痕的衣服，就連臉上的妝也糊了一大塊。

平常除了刻意變成恐怖模樣嚇他外，豔青姐也是那種要精心打扮好，才願意見人的典型愛美女性。

「還不都是為了你！」林豔青瞪著穆丞海，怒氣未消。

「豔青和韓綾打架。」殷大師用著正經八百的口吻，解釋林豔青之所以會這個模樣的原因。

噗——穆丞海將喝進去的第二口茶全噴了出來。

他想像著兩個女鬼打架的畫面，好像很驚悚，但又覺得有股說不出的莫名好笑，心情很複雜。

「要不是豔青及時趕到，你已經死在韓綾手裡了。」

穆丞海看向林豔青，眼中閃爍著感動的淚水，「豔青姐，謝謝妳，真的很對不起，我剛才不應該對妳的救命之舉感到好笑的。」

「沒事就好。」聽到感謝，林豔青神情柔和了些。

「豔青姐，妳怎麼知道我會有危險？」

「是這樣的……」

這幾天，靳騰遠忙著帶領青海會對抗天宇盟，殷大師也沒閒著，韓綾上吊當日，靳騰遠就將他找來，殷大師在命案現場繞了一圈，知道情況相當不妙。

那晚屬於凶日，又以三時到五時這段時間最陰，根據鑑識人員推斷，那正是韓綾上吊的時間，全身紅衣，代表死者怨念極重，連上吊的方位，也是配合時辰與房間內的風水刻意挑選的，為的就是要讓死者的怨氣徹底集中後，再爆發出最大的力量。

韓綾上吊用的那條白布，上頭總共畫了三種符咒。

第一種是買通咒，用下輩子的壽命來換鬼差無法拘提魂魄下地府；第二種是聚魂咒，強化死後靈魂的力量，這是想要復仇的死者在自殺時最常用的咒術；最後一種，則是隱身咒，用來隱藏鬼魂的陰氣，讓有法術靈力的道士無法輕易發現鬼魂的行蹤，效果的好壞，取決於施咒者的能力，越是厲害的施咒者，越能讓鬼魂不被找到。

這三種咒術皆屬惡毒的黑法術，使用後會回報惡果到施咒者身上，先不說同時會這三種法術的天師極少，光對方肯為韓綾使出咒術這點，就知道對方是決心要幫助她死後回來復仇。

殷大師這段時間努力找出韓綾的魂魄，想收掉她，也出動他在修道時認識的人脈，急欲找出在背後幫助韓綾的天師是誰。

可是，不管是找人或是找鬼，兩件事都沒進展，就連韓綾回到青海會來攻擊穆丞海，也是林豔青先發現，初步阻止韓綾後，再通知他過來的。

根據林豔青的說法，韓綾的怨氣很重，她大老遠就感覺到了，可見隱身咒對道士有用，對其他鬼魂卻沒有作用。

「殷大師，鬼魂都能這樣殺人的嗎？」想到韓綾能掐住他，穆丞海就心有餘悸。

「你沒有害她，照道理說，她是無法碰到你的，但因為你有陰陽眼，所以韓綾碰得到你，就能用鬼魂的狀態置你於死地。」殷大師向來淡定的臉上，難得露出苦惱表情，「韓綾的死是有預謀的，不只穿著、上吊的方位、時辰，都有請天師算過，她是寧可自己不能投胎，也要在死後回來，加上那個幫她的天師在韓綾死後依舊替她作法，讓我一時也無法找到她的藏匿地點，將她收掉。」

通知完殷大師後，林豔青就一直守在穆丞海身邊，與韓綾纏鬥，堅持到殷大師抵達青海會。

韓綾不怕林豔青，但看見殷大師卻立刻躲起來，可見她雖得到另一個天師幫助，卻還是懼怕殷大師的。

「收不掉她，怎麼辦？我會這樣一直被她糾纏嗎？」

林豔青輕拍穆丞海的手背，要他別怕，她會盡全力保護他，直到殷大師想出辦法。

「我想，此刻最急迫的，必須先從你的陰陽眼下手，我已經告訴靳先生現在的情況，他聽完就立刻動身趕回來了，等他到，我們就可以進行封閉你陰陽眼的儀式。到時韓綾就算想傷，也傷不到你。」

只要等靳騰遠回來，一切就會沒事了，穆丞海心裡這麼想著。

但韓綾可沒打算讓穆丞海好過，等靳騰遠歸來，她就只能在夢中對付他，她不要！她沒有耐性慢慢耗弱他了，她現在就要他死！再拖著他的魂魄跟她一起下地獄！

韓綾再也顧不得自身安危，即使殷大師在場，依舊現身展開攻擊。

照理說，穆丞海這邊一人一鬼加上一個厲害的道士，整體實力遠勝過韓綾，要制伏她應該不是難事。但是，隱身在暗處幫助韓綾的那位天師，也不是省油的燈，他適時給予韓綾幫助，使用道術讓韓綾的攻擊變得更強，只要殷大師快要收掉韓綾時，他就使出干擾道術，讓殷大師無法成功。

牽制韓綾攻擊穆丞海的主力工作，落到了林豔青身上，兩名天師用法術對轟，兩隻女鬼則近身展開肉搏戰，而穆丞海……發現自己除了逃命之外，好像起不了什麼作用。

韓綾的怨念很深，加上剛死沒多久，又獲得天師加持，林豔青和她對打討不了便宜，元氣大傷，即使如此，拚著一股想要保護穆丞海的氣勢，讓韓綾一時半刻也無法給予穆丞海致命一擊。

膠著情況在這時有了變化，一直隱身在暗處的天師突然轉移目標，使出法術攻擊林豔青，林豔青閃避不及，被轟個正著。

韓綾則趁這空檔，往穆丞海衝過去，將他的身體撞飛在地，再伸出雙手，用力掐住穆丞海的脖子，將他的身體提至半空中。

這一撞，穆丞海覺得自己快吐血了，偏偏脖子又被掐住，一口氣憋在胸口，喘不過來。

殷大師趕緊拿出符咒，朝韓綾發出攻擊，但即使背部被符咒招來的火焰燒著，韓綾依舊不肯鬆手，反而更加重力道，即使自己會被燒得魂消魄散，也要置他於死地。

這時，靳騰遠剛好趕到。

他看不見韓綾的魂魄，只見穆丞海整個人騰空，臉色慘白，心下一急，抓起刀子就往手臂上一劃，頓時血流如注，在地上匯聚成血窪。

「啊，不用這麼多……」只要幾滴就行了，殷大師想要阻止靳騰遠，但已經來不及了。

靳騰遠對自己的傷勢不以為意，「殷大師，麻煩你。」

林豔青從地上爬起來，忍痛咬牙衝向韓綾，一把揪住她的頭髮，往後頭一扯，將韓綾暫時拉離穆丞海。

「殷大師，快！」

韓綾被拖走之後，穆丞海立刻摔落地上，他不住咳嗽，看著靳騰遠跑過來扶他，心急如焚的表情，終於明白靳騰遠說自己的血液很珍貴那些話，應該都是騙人的。如果真的珍貴，怎麼會放任血流滿地？

殷大師用手指沾了靳騰遠的血液，塗在穆丞海兩隻眼睛的眼皮上頭，準備開始念咒。

「等一下……」穆丞海突然出聲阻止。

「還等什麼！穆丞海，你不要在這個時候婆婆媽媽，我快頂不住了！」

見殷大師要關閉穆丞海的陰陽眼，韓綾徹底地瘋狂了，林豔青用上全身的力量，才勉強把她壓制住，不讓她妨礙儀式進行。

但她還能撐多久，自己也不曉得。

「可是……」陰陽眼就要關閉了，穆丞海本來應該很開心，但他突然對再也見不到豔青姐這件事感到不捨。

雖然平時總是嚷著豔青姐很嘮叨，又喜歡管他的生活，讓他很煩之類的話，但豔青姐一直以來總是幫他，為他著想，他在演藝圈的許多成就，也都是拜豔青姐的教導，才有辦法達成的。

要是關閉了陰陽眼，他就再也看不到豔青姐了……

雖然嘴上沒說，但他一直把豔青姐當成好朋友、最重要的家人，現在突然要跟她離別，一股濃濃的不捨與惆悵突然在心中蔓延開來，讓他對於要不要關閉陰陽眼這件事猶豫起來。

不知道哪根筋不對，他突然，不是那麼想封閉陰陽眼了。

「穆丞海，到底是傷感重要還是性命重要？」林豔青猜到他此刻的糾結，氣急敗壞地大吼！

也是……

歐陽子奇的身影出現在他腦中，他想到他們共同的夢想——讓 MAX 在全世界發光發熱，他想讓子奇做的音樂被更多人聽見。

決。

是啊，他還有很多事情想做呢！因此，他還不能死，更不能在此時猶豫不

穆丞海乖乖閉上雙眼，讓殷大師念完咒語……

Chapter 10
未完待續

靳騰遠的血液抹在穆丞海眼皮上，濕濕溫溫的，耳邊殷大師喃喃的念咒聲，蓋過遠處韓綾的憤怒咆哮。

殷大師曾說過，儀式很快，不用一分鐘就會結束。

穆丞海知道，當他再度睜開眼睛時，就要跟這段時間以來，困擾著他的陰陽眼生活說再見。

不用擔心早上刷牙洗臉時，會從鏡子裡看到鬼魂而被徹底嚇醒；不用戰戰兢兢的防備，煩惱會被不知何時冒出來的鬼魂騷擾；當然，以後再也不會有鬼魂嘲笑他演技爛、不會有鬼想要伸腳絆倒他、更不會有滿腹冤屈的鬼魂跑來找他，要他幫忙調查死因。

當然，也不會有鬼關心他，教他演技了……

咒語念完，四周突然變得好安靜。

穆丞海睜開眼睛，看著站在不遠處的豔青姐，她對自己露出一抹微笑，像是在對穆丞海說，他是她一手調教出來，讓她驕傲的好徒弟。

穆丞海的眼眶濕潤起來，豔青姐的身影變得越來越模糊，到最後，整個看不見了。

傷感，但這是為了以後的平靜生活，必須付出的代價。

四周只剩確實存在於陽間的人和物，就像穆丞海還沒有陰陽眼之前的情形，鬼魂已經不存在於他看得見的世界裡。

穆丞海轉頭看向殷大師，想要感謝他這陣子為自己勞心勞力的付出，卻發現他的臉色蒼白，看起來很虛弱。

「殷大師，你怎麼了？」穆丞海關心地問。

穆丞海能想到的是，關閉陰陽眼的儀式或許簡單，但可能需要消耗極大的靈力與精神，殷大師剛才已經和韓綾、以及暗地裡偷襲的小人天師纏鬥，又替他進行儀式，才會如此虛弱。

但情況好像比穆丞海想像來得嚴重。

鮮血從殷大師的口中嘔出，真是駭住他了，不會他的陰陽眼關閉了，卻害得殷大師病重，或是從此失去靈力吧？

「儀式，成功了……一半……」穆丞海聽見殷大師這麼說。

一半？

「我太大意了，沒料到，對方天師竟然會從中作梗……」

穆丞海聽不懂殷大師的意思，他確實已經看不見豔青姐，也看不見韓綾，陰陽眼已經封閉了不是嗎？

突然，穆丞海感覺到背部一沉，好像有什麼東西壓著。

怎麼回事？是他太累，體力透支？還是剛剛撞到牆上，背部受傷，現在心裡放鬆之後，才感覺到全身痠痛？

「陰陽眼，在一般人的認知裡，通常是指看得見鬼魂，但其實更廣義的說，它包含任何與靈界溝通的方式，例如聽到鬼魂的說話聲、嗅到鬼魂的氣味，以及觸碰得到鬼魂。

你的情況，不是只有看得見鬼魂而已。」

這些穆丞海知道，根據之前的經驗判斷，他看得見，也聽得到，摸的情況倒是不一定，好像跟鬼魂的種類有關。

而且，穆丞海現在其實不太想聽殷大師解釋得這麼清楚，因為，那會讓他悲觀的想著，情況是不是非常不妙……

但殷大師聽不見穆丞海心裡的話，在他沾著鮮血的唇瓣一張一合中，說出了穆丞海一點也不想知道的話：

「韓綾，正趴在你的肩上……」

——《探問禁止！主唱大人祕密兼差中04》完

Side story

那一段關於國王與異國情人的過去

叮——咚——、叮——咚——、叮咚叮咚叮咚叮咚叮咚叮咚——

催魂似的門鈴聲響個不停，比爾拎起棒球棍，渾身透著殺氣打開門，想看看是誰這麼有膽識敢在半夜三點跑來按他宿舍的門鈴。

只見門外站著一個渾身帶著醉意的金髮女子，她的妝容完美，穿著性感，吹彈可破的白皙肌膚因為喝了酒而泛著誘人的粉紅色，一隻手拎著酒瓶，另一隻手則持續按著門鈴。

認出這個半夜來擾人清夢的人是同班同學伊琳娜，比爾放下舉在半空中的球棒。

「嘻嘻……比爾，是你啊，嗝……藍卓里在嗎？……」瞇著藍色眼眸，搖頭晃腦地往宿舍內探去，想找到那個讓她喝得這麼醉的元凶，可惜客廳裡除了擋在門口的比爾外，空無一人。

「他是不是在房間裡睡覺？……我去找他……」

伊琳娜擠過比爾身旁的空隙近到屋內，比爾也沒攔著她，見她步伐顛簸，已經醉到站不穩，索性扶著她到客廳沙發上坐著。

「藍卓里不在，他跟著論文的指導教授去做田野調查，應該明天才會回來。」

「是喔……比爾，你真好……都可以知道藍卓里的行蹤……你知道嗎？我真的好羨慕你，嗝……我也好想像你一樣……跟藍卓里成為好哥兒們……如果我也是男生的話……他是不是就不會對我那麼冷淡了呢？……或者，如果我跟你們是同一個國家的人……他是不是就會多關注我一點呢？……」

沾到柔軟的沙發後，伊琳娜疲累的身軀整個放鬆下來，直接癱倒，神智已經不怎麼清醒，嘴裡仍不斷地說著自己的苦惱。

「呿，這女人跑來這裡發什麼酒瘋。」

因為倒在沙發上的動作太大了，伊琳娜的短裙整個往上掀，露出一雙勻稱的大腿，比爾見狀沒好氣地翻著白眼，看看四周也沒半件外套可以拿來幫她遮一下，只好抽起客廳桌上的桌巾，粗魯地蓋到伊琳娜身上。

「藍卓里捅出來的簍子，等他回來自己收拾吧。」

反正伊琳娜待在這裡也不會有什麼危險，比爾說著，打算丟下她回房間睡自己的大頭覺去。突然，伊琳娜坐起身，揪住比爾的衣角不放。

「你知道我們學校有多少女生喜歡藍卓里嗎？……可是，就連那個膽子最大的海倫，都不敢跟他表明心意……」

「我覺得妳的膽子也不比海倫小啊，妳今天來這裡找藍卓里，不就是為了跟他示好？」

一個女人精心打扮，半夜跑到男人的住處，不管有沒有明說，心中總是有部分企圖想要勾引男人愛上自己吧。

伊琳娜聞言，大哭起來，「嗚嗚……我的膽子其實一點都不大……我在附近徘徊六個小時了……要不是喝了點酒，我根本不敢按門鈴，嗚嗚……」

可是這位小姐，妳壯膽按門鈴的時間是半夜，吵到的人是他啊！

宿舍的門傳來鑰匙開鎖的聲音，這間房子是比爾和藍卓里一起在校外合租的，因此這個時間會拿鑰匙開鎖的人只有可能是藍卓里。

果不其然，事件男主角打開門，原本怕半夜回家會吵醒比爾，刻意放輕動作，因此背對著門的伊琳娜並沒有發現他。當藍卓里看見客廳有個女人哭哭啼啼、拉著比爾的衣角不放時，表情明顯一愣。

他是不是回來的不是時候，打擾到比爾跟他女朋友了？

比爾見藍卓里的尷尬表情，知道他誤會了，於是刻意放大聲音問伊琳娜，順便撇清責任，「伊琳娜，我問妳，到底是喜歡藍卓里哪一點啊？」

藍卓里本來打算先離開宿舍，留給比爾空間，在聽到這問題之後，他停下動作。

「因為他長得很帥……」伊琳娜抽抽噎噎地回答。

「嘖，原來妳也是外貌協會。」

前陣子，他、藍卓里與伊琳娜因為作業的緣故抽籤分在同一組，彼此變得比以前熟了一點，比爾覺得伊琳娜算是班上少數他覺得順眼，個性爽朗，相處起來也沒有壓力的女性。至少她看起來不像其他成天打扮得花枝招展的女同學，胸大無腦、想法膚淺，看到帥哥就想爬上對方的床，原來是他判斷錯了。

「我也喜歡他的個性，冷若冰霜，像個壞男人……」伊琳娜咯咯笑著。

比爾已經興起把這個喝醉酒的花痴女人丟出屋外的念頭了。

「最重要的是，我心疼他，他的眼神總是那麼憂鬱，肩上好像背著幾千斤重的擔子，壓得他喘不過氣來，看得我好難過，不由自主地想保護好他，替他分憂解勞……」

藍卓里強得跟鬼一樣，到底是哪一點需要人保護了，比爾翻白眼，「那是妳母愛氾濫，想像力太豐富了。」

對於比爾的不贊同，伊琳娜驀地清醒過來，怒瞪著他，「虧我還以為你是他的好哥兒們，原來你只是他的酒肉朋友！你根本不瞭解他，他的內心很孤獨，心事都藏著不說……沒關係，我來！交給我來！他的心交給我來守護！」拍著胸脯保證，短暫回神之後，伊琳娜又再度不勝酒力，她鬆開比爾的衣角，倒回沙發上。

那股氣勢有一瞬間嚇到比爾，連門邊的藍卓里都對這個明明就很弱小的女人刮目相看，胸口隱隱悸動。

「知道他畢業後會回國，別的女人都只想著能跟他一夜情就好，但我不一樣，我真的很喜歡他，可以陪他到天涯海角，但我如果這樣跟他說，他會不會覺得我很矯情？我好怕被他誤解我太過浪漫，是個不懂世事的幼稚小鬼……所以我故意在他面前裝得很成熟、矜持……但是他連看都不看我一眼……好像我很討人厭……」聲音越來越小，像是夢囈，最後沉沉睡去。

在門邊聽了半天的藍卓里，終於放下背包走近沙發，他在比爾訝異的注視下，將伊琳娜的姿勢扶好，讓她可以安穩地睡著，再溫柔地將她身上的桌巾蓋好，避免她著涼。

「你們……發生過什麼我不知道的事嗎？」比爾可從來沒見過藍卓里對其他的女性這樣溫柔。

「大概就是，在我母親忌日那天，我喝了點酒，情緒頓時湧了上來，於是半夜一個人跑到學校湖邊偷哭，說了一些內心很寂寞的話，不小心被她撞見了。」

藍卓里回想著當天的情況，月光下的伊琳娜，美得像是來凡間散步的精靈，渾身散發著柔和恬靜的氣質。

「她立刻調頭就走，我本來以為她是怕惹上麻煩，所以才沒上前來問我怎麼了，然而，當我發洩完情緒起身準備回去時，卻發現她其實一直沒有離開，默默躲在草叢後頭，臉上滿是淚痕，隱忍著哭聲怕打擾到我，嘴裡不停喊著我的名字，讓她很心疼之類的話。」

伸手梳理著伊琳娜凌亂的秀髮，輕柔地替她塞在耳後，「我覺得她是個體貼又善解人意的女孩，但想到我畢業後就要回國了，便沒近一步對她有所表示。後來，在學校碰面，想到竟然被他看見自己不堪的一面，覺得尷尬，所以刻意避開她，但好像被她誤會了。」藍卓里苦笑。

「你母親的忌日，那不是這學期剛開始時嗎？現在都要學期末了，你們兩個竟然可以拖這麼久！」比爾撫額，飆了幾句髒話，「好吧，人家都說可以跟你回國了，你打算怎麼辦？」

「我不知道……」

看著好友早就深陷情網的模樣，比爾本來打算勸上幾句，但想著自己那麼雞婆做什麼，藍卓里向來清楚自己要什麼，伊琳娜到底是不是適合他的女人，根本不需要他多嘴分析，自己還是趕快回房睡大頭覺比較實際。

接近中午時，比爾起床，盥洗完畢後打開臥室房門，這棟他跟藍卓里合租的宿舍，難得地從那個未曾使用過的廚房裡飄來誘人的食物香氣。

開放式廚房料理臺的兩邊各站著一個人，一邊是伊琳娜拿著鍋鏟翻攪平底鍋中的歐姆蛋，另一邊的藍卓里則是喝著透明玻璃杯裝著的牛奶，兩人凝視著彼此，注意力都不在食物上頭。

「我說你們兩個會不會進展太快？」不過才一夜，就恩愛得像是新婚的小夫妻。

「是你說不要蹉跎光陰的。」藍卓里笑答。

比爾替自己倒了杯牛奶，發現餐桌上有凱薩沙拉、漢堡肉、烤好的熱麵包、德國香腸、蘋果派，再看著水槽裡的果皮、葉菜和塑膠外袋，哇！這些餐點都是現做的？

「我們家怎麼會有這些食材？」

「我剛才開車去賣場買的。」

既然都出門了，怎麼不乾脆買現成的早餐回來就好，可見某人想吃的根本不是能填飽肚子的食物，而是情人的愛心跟手藝。

伊琳娜將炒好的歐姆蛋裝盤，比爾立刻伸手過去想抓一小撮來嘗嘗，卻被伊琳娜一把拍掉，她將盤子擺到餐桌上，拿了一副刀叉給比爾。

比爾對伊琳娜敢對她動手敢到詫異，「難道妳沒聽到大家傳的，我是混黑幫長大的嗎？」

「我知道。」伊琳娜對他燦笑，「但是藍卓里說不需要怕你，就按照我的本性，把你當弟弟那樣疼愛對待就行了。」

「為什麼我是弟弟？」比爾不滿。

「因為我早你一天出生嘛！」伊琳娜可得意了。

伊琳娜頭髮濕漉，臉上的妝已經卸得乾淨，身上套著藍卓裡的衣服，比爾總覺得這兩個人好像不只是開始交往而已，他望向藍卓里，這小子不會是一個晚上就把對方拐上床了吧？動作真快，哈哈哈——

「我跟伊琳娜求婚了。」

比爾一口牛奶全噴了出來，「我怎麼不知道你是這麼衝動的人？」

「或許是因為昨晚我把伊琳娜沒喝完的酒喝光了吧。」藍卓里聳肩。只是就算早上酒醒，他也沒有絲毫後悔的感覺。

「我說，你們兩個，以後還是都少喝一點吧……」

「怎麼辦……」伊琳娜趴在桌上，心灰意冷，像是面臨世界末日，「我會不會畢不了業啊……」

畢業考完後一週，大部分科目已經可以查到成績了，藍卓里和比爾的成績幾乎每一科都是A+，唯獨伊琳娜是低空飛過，縱使她的論文口試已經通過，但還未公布成績的科目裡，有兩科的畢業考她考砸了，讓她超級擔心無法順利畢業。

她跟藍卓里已經約好了畢業後跟他回國，就要舉辦婚禮，她的肚子裡已經有了兩個人的寶寶，要是再拖半年，就無法在婚宴上穿著美美的婚紗。

「一定是因為懷孕讓我變笨了。」伊琳娜哭喪著臉，把考試沒考好的原因怪罪到懷孕上頭，惹來比爾一陣訕笑。

「寶寶真可憐，還沒出生就要被媽媽誣賴，看來我這個未來的教父要保護好他，免得他成天被媽媽欺負囉！」

伊琳娜瞪了比爾一眼，她只是說說而已，講得好像她是個壞媽媽一樣，她可是所有人中最感謝寶寶選擇當他們的孩子，最期待寶寶降臨到這個世界上的人耶！她轉頭對著藍卓里撒嬌，「我把我的聰明才智都給了我們的寶寶，你不能因為我太笨就不要我喔！」

「別太擔心，就算考試沒考好，那兩科妳的平時作業不是做得不錯嗎？」藍卓里安慰。

最終，伊琳娜還是有一科被當掉，學分不夠導致她無法畢業，被迫多留半年重修，藍卓里雖然已經拿到學位，但不放心讓懷孕的她一個人留著，決定延後回國，陪她度過這半年。比爾則是按照自己的原定計畫，去找他崇拜的一個大師學技術，三個人約好了半年後的婚宴上見。

這天，伊琳娜拉著藍卓里到拜桑歌劇院聽歌劇，趁著開演前的時間，兩個人在歌劇院附近逛著。

伊琳娜在一個賣手工飾品的攤位停下，擺攤的老闆是個和她一樣有著藍色眼睛的男孩，他見伊琳娜在一堆飾品前猶豫不決，開口推薦，「瞧瞧，我們兩個的眼睛都是藍色，這麼有緣，不如參考一下這排藍色海洋系列的項鍊如何？」

伊琳娜看著覺得喜歡，轉頭問藍卓里：「你覺得呢？哪一條適合我？」

「就這一條吧。」藍卓里憑著直覺，挑中了其中一條。

「先生不是這個國家的人吧？」攤位老闆與他們閒聊。

「我是T國人。」藍卓里看著那條項鍊，覺得和伊琳娜今天的衣服挺搭的，就要老闆別打包了，親手直接替伊琳娜戴上。

「T國的手工藝聽說很強，有機會的話，我真想去看一看。」攤位老闆讚嘆，「先生眼光真好，這條項鍊很適合這位女士。」

伊琳娜照著鏡子觀看項鍊，真心覺得好看，「你若是有來T國玩的話，連絡我們吧，我們再帶你到處逛逛！」說著，伊琳娜和攤位老闆交換手機號碼。

「我叫霍普・喬比特，很高興認識你們。」

「我叫伊琳娜．卜洛克，他是藍卓里．靳，是我的未婚夫。」

與霍普告別後，看看時間也差不多了，伊琳娜便挽著藍卓里的手往拜桑歌劇院走去，一路上，她一直用空出來的手把玩著項鍊的墜飾。

「我很開心，這是你送我的第一條項鍊。」

「妳喜歡的話，我可以送妳很多條項鍊，讓妳每天都有不同的項鍊可以搭配。」

「不，我只要這一條就夠了，唯一，才是最美的。」伊琳娜對著藍卓里燦笑，能夠和藍卓里相愛真是太幸福了！若不是自己不爭氣延畢，她早就成為他的新娘。

這次她一定要把剩下的學分修到！想到兩週後就是期中考，伊琳娜還拉著藍卓里來聽歌劇，有些心虛地解釋：「我是為了寶寶的胎教，才帶他來聽歌劇的唷！絕對不是因為貪玩。」

「我知道。」藍卓里寵溺地拍拍她的手背，「妳若是將心思都放在考試上，壓力太大，也不是好事。」

「就知道你最疼我了！你說，寶寶會因為聽了這場歌劇，以後變成一位音樂家嗎？」伊琳娜摸著肚子，想像孩子的未來，「還是，寶寶必須繼承你的家業呢？」

關於藍卓里的家庭背景，伊琳娜早已聽藍卓里和比爾說過，雖然能理解那是怎樣的生活型態，但她還無法深刻體會其中的危險性，心想著，反正有藍卓里在，她只要全心全意地愛著他、愛著他們的寶寶就好，不用煩惱太多。

「我的父親是個很開明的人，他並沒有強迫我接管他的事業，我相信他也不會強迫孫子做什麼事的。」

「寶寶，你聽到了嗎？以後就隨心所欲過你想過的生活，爸爸跟媽媽會全力支持你的。」或許是真的聽見了，肚子裡的寶寶輕輕踢了伊琳娜的肚子一下，惹來這個準媽媽莞爾，幸福洋溢。

是啊！不管寶寶未來想往哪裡發展，他們這兩個做爸爸跟媽媽的許下承諾，一定會用最大的愛與包容，守護著他成長，幫助他實現願望。讓他成為這個世界上得到最多父母親關愛的幸福孩子。

然而……

幾個月後，伊琳娜終於拿到順利畢業了，她收拾行李，與藍卓里一起回國。

原本以為終於可以幸福過一輩子了，等待他們的，卻是無比堅難的情況。

藍卓里在國外留學的這段時間，青海會受到天宇盟的襲擊，近一半的勢力已經被瓦解，而藍卓里的父親為了青海會的事情積勞成疾，被診斷出來時已經癌症末期，但這些事情他完全沒讓藍卓里知道，一個人一肩扛下。

父親的病來得太急，藍卓里的羽翼未豐，只要父親一倒下，青海會就會被天宇盟併吞。而天宇盟的小姐韓綾看上藍卓里，提出交易，只要藍卓里願意娶她為妻，天宇盟願意放過青海會，與青海會結盟。

伊琳娜不願藍卓里面臨兩難的抉擇，便偷偷帶著剛出生不久的寶寶離開，為了躲避追殺，她不得不將孩子放在穆院長開設的私立育幼院門口時，她拿下藍卓里送給她的唯一一條項鍊，掛在寶寶的脖子上。

「對不起，寶寶，媽媽要失信了，不能陪著你長大……如果……如果媽媽能安全回來，一定會把欠你的愛加倍還給你的。」

伊琳娜駕著藍卓里的黑色轎車離開，在路上不幸被追殺她的人找到，展開一場道路追逐，她不顧自己的安危，心想必須盡可能遠離育幼院，越遠越好，在寶寶被院長收養前，絕不能讓天宇盟的人先發現。

她一鼓作氣將油門踩到底，直往山區前進，縱使道路彎來彎去，好幾次她差點連人帶車滾落山崖，她還是沒放慢速度，道路最後的終點是一大片的草原，車子無法再前進，伊琳娜只好下車，往草原上逃。

天宇盟的殺手也下車追了過來，伊琳娜被逼到草原的盡頭，那是一個幾百公尺高的懸崖，底下是大海與碎岩石群。

殺手們包圍上來，已經無路可退了……

而殺手也沒打算給她活命的機會，沒有談判，槍響，射中伊琳娜，子彈穿出身體，她往後倒去，從懸崖上掉落，最終消失於大海之中。

「再見了，藍卓里……再見了，我最親愛的寶寶……我永遠愛你們。」

——番外〈那一段關於國王與異國情人的過去〉完

高寶書版集團
gobooks.com.tw

輕世代 FW273

探問禁止！主唱大人祕密兼差中04

作　　者　尉遲小律
繪　　者　ひのた
編　　輯　林思妤
校　　對　林紓平
美術編輯　彭裕芳
排　　版　彭立瑋

發 行 人　朱凱蕾
出　　版　英屬維京群島商高寶國際有限公司臺灣分公司
　　　　　Global Group Holdings, Ltd.
地　　址　臺北市內湖區洲子街88號3樓
網　　址　www.gobooks.com.tw
電　　話　(02) 27992788
電　　郵　readers@gobooks.com.tw（讀者服務部）
　　　　　pr@gobooks.com.tw（公關諮詢部）
傳　　真　出版部　(02) 27990909　行銷部 (02) 27993088
郵政劃撥　19394552
戶　　名　英屬維京群島商高寶國際有限公司臺灣分公司
發　　行　希代多媒體書版股份有限公司/Printed in Taiwan
初版日期　2018年5月

國家圖書館出版品預行編目(CIP)資料

探問禁止！主唱大人祕密兼差中/尉遲小律
著.-- 初版. -- 臺北市：高寶國際, 2018.05-
冊；　公分. --

ISBN 978-986-361-542-2(第4冊：平裝)

857.7　　　　　　　　106011697

三日月書版

三日月書版

GOBOOKS & SITAK GROUP ©

GOBOOKS & SITAK GROUP©